弄堂烟火

杨锡高 著

文汇出版社

序

曹正文

正是"花褪残红青杏小"的初夏,文友杨锡高兄送来一叠即将付印的书稿,请我作序。我虽阅稿无数,但只是一个爱书人,一个普通编辑,很少为他人写序文,但锡高兄诚意恳切,他的文字又常见于各种报端,很见功力。这次重读他精心汇编的70余篇生活小品,一读,便读出了点意思,且把读后感记录如下。

先来讲一下我认识的书友杨锡高,他与我相仿,皆因好读书而走上写作道路。他少年时代常去的书店就是南京东路新华书店与四川北路新华书店。他自述古代作家中,最崇敬唐代诗人白居易,白居易文字平易晓畅,也许对他后来形成的写作风格影响颇大。在宋词中,他既欣赏苏东坡豪放雄浑的词,又喜欢李清照的婉约词风。在现代作家中,锡高兄对鲁迅先生语言犀利、思想深刻的杂文情有独钟,他还特别欣赏鲁迅先生小品文中透溢出的幽默感。在欧美文学中,锡高兄对契诃夫与莫泊桑的短篇小说爱不释手,《变色龙》《项链》的巧妙构思与文学技巧,使他得益匪浅。

因读书迷上写作，几乎是所有文字工作者与作家共同走过的路。而由感而发也是锡高兄走上写作之路的缘由。他的处女作《一元营养费》上世纪八十年代初发表于《青年报》，叙述有一次他骑自行车途经虹镇老街，与一辆逆向行驶的自行车发生碰撞，对方两个汉子气势汹汹要他赔一元营养费（那时一包牡丹牌香烟才三毛几），明明是对方逆向行驶导致碰撞，但"秀才碰到兵，有理说不清"。限于当时老街治安状况不好，也没人主持公道，作者违心地赔了一元钱。他回到家里，一股闷气憋不住，就将此事一吐于纸上，文章刊出后，伸张了正义。文字变铅字的成功，增添了他写作的信心。

锡高兄从小居住在石库门老弄堂里，目睹沪上生活中发生的各种微妙变化，这些不起眼的小事成为他随感而发的题材，比如《夏日往事》写过街楼下众人围观斗蟋蟀，又比如《遛狗百态》《家有保姆》《太太管理经》……这些寻常实录，经其文字润色，读来饶有趣味。《弄堂烟火》中不少文章题目，就是采用地方俗语，如《野豁豁》《扎台型》《孵了屋里厢》《神志无智》等等，也增加了文章的可读性与亲切感。

书名《弄堂烟火》，综合来看，是一本具有海派特色、浓厚上海市井生活风情的文学随笔集。打开《上海的早晨》《外婆红烧肉》《弄堂里的爱情》《亭子间阿姨》……单看题目，皆为沪上特产，仿佛是作者平日生活的剪影。读完这部小品随笔集，我欣赏到了老上海人杨锡高的海派语言特色。他对上海风情的白描化叙述与口语化应用，读来自然亲切，字里行间有诙谐的意味,他写的都是我们日常见惯的生活琐事,但经他笔下表达出来,多侧面凸现上海市井生活中有趣味的种种轶事,给笔者留下深刻印象。

锡高兄从事写作已有四十余载,他担任过行业报记者、编辑、总编,还担任过几家杂志主编,这些媒体经历,促使他得心应手完成了这部《弄堂烟火》。

杨锡高为人谦和而大度,笔下文字风格平易近人,颇有俏皮的趣味。他写老弄堂的风情人事,在公众号上发表后,颇有影响,与他60年未曾谋面的老邻居重新相叙,失联50年的亲戚也经公众号联系上了。想来这本新书问世后,锡高兄一定会拥有更多的读者与知音。

(本文作者系高级编辑、专栏作家)

目 录

双刃剑 ... 001
邂逅地铁 ... 005
夏日往事 ... 009
味道 ... 013
尴尬不尴尬 ... 017
男人的面子 ... 021
女人的眼泪 ... 025
太太管理经 ... 028
冒烟的火车 ... 031
羡慕 ... 035
女人与烟 ... 038
穿越时空的歌声 ... 041
珍惜 ... 044
路上风景 ... 047
门啊门 ... 051
遛狗百态 ... 054
邻里万花筒 ... 057
家有保姆 ... 060
细节 ... 063
眼界 ... 066
"你不像上海人" ... 069
最美的风景是心情 ... 072
两情一票牵 ... 075
漫漫寒夜 ... 078
我们曾经的年味 ... 081

吃亏是福 ... 084
车厢风情 ... 087
上海爷叔 ... 090
上海阿姨 ... 093
上海小姐 ... 096
开朗的人懂减压 ... 099
绰号 ... 102
善意的谎言 ... 105
温暖的拥抱 ... 108
职场囧事 ... 111
职场女性 ... 115
职场老法师 ... 118
职场新人 ... 121
无巧不成书 ... 124
年夜饭 ... 127
底线 ... 130
春游去啰 ... 133
马大哈 ... 136
野豁豁 ... 139
难忘难舍是儿歌 ... 142
心急吃不了热豆腐 ... 145
扎台型 ... 148
舌尖上的夏天 ... 151
习惯成自然 ... 154
勿识相吃辣火酱 ... 157
城市的温度 ... 160
洋女婿 ... 164

舌尖上的冬天 ... 167
回家过年 ... 170
孵了屋里厢 ... 173
简单的幸福 ... 176
职场习惯 ... 179
职场心态 ... 182
闺蜜 ... 185
洋媳妇 ... 188
兄弟 ... 191
热热闹闹来拜年 ... 194
神志无智 ... 197
上海的早晨 ... 200
弄堂里的爱情 ... 203
惊喜 ... 205
温暖的瞬间 ... 208
外婆红烧肉 ... 210
亭子间阿姨 ... 213
搭配 ... 216
情商 ... 219

双刃剑

生活中有很多现象被称作双刃剑。单刃为刀，双刃为剑。古人爱剑，赞赏和仰慕佩剑者，是因为佩剑者的英武、豪爽与侠气，因而古时的剑被视为权力和高贵的象征。至隋唐时期，佩剑之风尤为盛行。而后来，双刃剑在现实生活中被赋予丰富的内涵和深刻的寓意，指一件事物的两面性，对于特定事物产生两方面的影响。比如互联网，就是双刃剑。

没有互联网的时候，手机就是单纯的通话工具。后来有了短信功能，便毫不留情地淘汰了那个曾经威风八面的BP机。再后来，手机与互联网好比热恋中的男女，互相倾慕，不分彼此，于是孕育了彩信、彩铃、QQ等等。及至手机升级3G、4G，已经进化成无孔不入、无所不能的超级武器了，这个时候就出现了微信。微信的强大功能一夜之间就直接干掉了短信。现在的手机不仅可以让你随时随地拍照，而且可以让你瞬间把照片传送到微信朋友圈里。

手机还干掉了MP3、MP4，下载音乐更快，储存容量更是惊人，难怪马路上、地铁里到处都是塞着耳机听音乐的"信男信女"。当然这个信指的是微信的信哦。手机差不多还干掉了钱包,80后、90后几乎都是支付宝或者微信支付了,谁掏钱包消费谁凹凸(OUT)。你去餐厅瞧瞧就知道,付现金的基本是老伯伯老妈妈,信用卡结账的一般就是阿姨爷叔,而小萝莉、小鲜肉们哪个不是用手机扫二维码的?

十多年前,芬兰的一位手机制造业大佬提出了"把互联网装进口袋"的理念。当时我半信半疑,你想,一部小小的手机要承担起一台电脑的功能,能行吗?可是,就五六年的工夫,互联网真的被装进了口袋。

现在的人,少吃一餐无所谓,但要是某一天忘带了手机,或者找不到WiFi信号,好比无头苍蝇嗡嗡嗡的不知所措,更像是血管堵塞患者没有搭桥装支架,心里难受得不得了。

互联网持续升温,这是有目共睹的事。政府的最大感受是,通过互联网实现政务公开,并实现数据、信息的联网,减少了工作流程,方便了老百姓办事。我的朋友阿旺,去办验车手续,警察从电脑里拉出资料一查,说有三张违章单没有处理。阿旺勿买账,警察打印违章单给阿旺看,清爽没"老坑"(沪语老垢),几月几号在啥地方,甚至有图片为证。阿旺"吃瘪"。这都是因为有了互联网的结果。

而老百姓的最大感受是从淘宝开始的,突然之间,什么东西都可以从淘宝上购买了,足不出户,价格又便宜。这个就是基于互联网通道的电子商务。因为淘宝,无中生有出一个"双十一"光棍节,并成了全民狂欢的购物节。

老百姓对互联网的好感还因为互联网是反腐特别通道。印象最深的网络举报是"表叔"事件。2012年,延安发生特大交通事故,陕西省安监局长杨达才赶赴事故现场。由于杨达才在现场面带微笑,引发网友不满,继而从网上图片发现杨佩戴的是一块世界名表,于是网友开展大规模人肉搜索,挖掘出杨达才在不同场合先后佩戴过11块各种名表。上级纪委顺藤摸瓜,查出杨达才的贪腐问题,最终杨达才落马。

但,互联网是把双刃剑。在对社会进步、经济发展的巨大推动力背后,稍有不慎,却会产生相反的作用。网络诈骗成为扰乱社会治安的最大公害,多少受害者因此家破人亡;网上假货泛滥,没有得到有效的遏制;P2P疯狂卷钱,老板夺路而逃;人肉搜索,在鞭挞坏人的同时,也误伤了不少无辜的好人。

网络在给人们带来实实在在的方便时,却又无形中滋生了一大批懒人,比如外卖解决了吃饭难问题,但那些80后、90后劳动能力大大退化,都不会烧菜做饭了,甚至连最简单的蛋炒饭、番茄炒蛋都不会。即便是结了婚的,如果没有机会去爹妈那边蹭饭,基本就靠外卖了。

上海为什么叫魔都?因为她有太多引人入胜的魔力。比如在五光十色的霓虹映衬下,迎着徐徐晚风,夫妻俩漫无目的地漫步街头闲逛,这哪里是网上购物所能享受得到的浪漫情调啊!而且夫妻俩逛着逛着很可能就淘到了一件心仪已久的衣服,逛着逛着就可能上馆子大快朵颐去了,逛着逛着就可能进影城欣赏最新大片去了,逛着逛着就可能为孩子挑选了日思夜想的玩具或者动漫书了。逛街消费,是一个城市的活力所在,也是城市迷人景观的一部分。如果市民们全都窝在家里,整天捧着电脑,只去网上消费,商店关门打烊,街上冷冷清清,难见人影,只有送快递的破电动车横冲直撞飞来飞去,那么这个城市还有什么生机,还有什么希望呢?

原载 2016 年 4 月 18 日《劳动报·文华副刊》

邂逅地铁

随着年岁的增长，不得不承认地心引力的厉害：器官样样在，只是都下垂，所谓"万般皆下垂，唯有血压高"。其实何止血压高，血凝度、胆固醇、甘油三酯、血糖等等，可以说样样都高，唯有薪水不高，呵呵。于是从锻炼身体的角度出发，搁置私家车，每天高高兴兴挤地铁上下班的人越来越多。

我国地铁的书面语叫轨道交通，简称轨交。而关于地铁的名称，全世界根本没有一个统一的叫法，上海叫地铁，东京叫地下铁，台北叫捷运，伦敦叫 tube，纽约叫 subway。上海的地铁起步于1993年，截至2015年底已启用14条地铁线路，拥有366座车站，总长617公里。我坐过东京、香港、台北的地铁，也坐过北京、南京、广州、杭州、苏州的地铁，但最熟悉、最亲切的还是上海的地铁。没办法，可以说是一种习惯，也可以说是一种文化。就好像我们走过很多国内外城市，吃过大大小小各类宾馆的中西合璧各式早餐，但到头来还是喜欢上海街头的"四大金刚"：大饼油条粢饭豆浆。

地铁是个万花筒，是社会的一个缩影，每天活色生香地上演着精彩的生活剧。我们要了解社会、观察生活，不多坐几回地铁怎么可能做到细致入微？记得前几年，地铁车厢里会有很多年轻人气定神闲地读书看报，虽然大多数读的是证券、财经类报纸，再不济也会趁着空闲看几眼免费的地铁报，但无论如何这种氛围还是很温馨的，上海人说老有腔调的。这几年因为股市一泻千里，地铁里的人都懒得看证券报了，现在十有八九都在争分夺秒低头看手机了，这些人有个雅号叫"低头族"。俗话说，三十年河东三十年河西，而现在三年就分出河东河西了。

有一次趁着车厢不是太"轧"，我偷偷观察了一下周边"低头族"，发现三个在闭目养神听音乐，两个喜上眉梢看芈月，四个欣喜若狂打游戏，五个潇潇洒洒玩微信，其中一个爷叔在全神贯注写微信，我无意中瞄到爷叔面带羞赧发了三个拥抱表情、三个亲吻表情、三枝玫瑰表情。可见爷叔感情生活还是蛮丰富的。

有些人很反感地铁里的"低头族"，甚至还有人编造了一个所谓印度工程师的言论来抨击中国"低头族"现象，认为"低头族"反映了社会浮躁的一面，是没有文化的表现，不如英国、日本、印度等国家的地铁、火车里尽是安安静静读书看报的人，所以结论是中国未来没有希望。一看就知道这是胡说八道，印度地铁没坐过，但印度火车"轧"得一塌糊涂，印度人都扒在车厢外、车顶上去了，读什么书看什么报？讲给赤佬听也勿会相信。

我倒觉得，坐地铁的乘客利用碎片化时间从微信里读点东西，哪怕是老生常谈的心灵鸡汤、养生秘诀等等，也没什么不好，何况很多心灵鸡汤和养生秘诀还是很有道理的呢。

是的，地铁里，你每天都会有邂逅，每天都会有故事。那天在人民广场乘地铁2号线，我是最后一个"轧"进去的，待车门关闭，整个车厢已是毫无空隙，放眼四周满满当当全是脑袋，容不得你调整任何站姿。地铁一启动，倏然一阵浓重的大蒜味飘来，熏得我特别难受。很显然，味道来自同我面对面站着的那家伙，就紧贴着我，但在密密实实车厢里，我丝毫动弹不得，更不要说转身了。于是只能仰头看车厢天花板，憋得大气不敢出一口。边上一位阿姨"摒勿牢"发话了："啥宁老清八早吃大蒜，污染空气啊，实在吃不消哉！"我开玩笑："阿姨，现在大蒜啥价钿？吃得起大蒜都是土豪哦！嘴留大蒜味好好较比戴个钻戒值铜钿、扎台型哦！"周边的乘客会心地笑了起来，车厢气氛顿时活跃了不少，似乎一下子冲淡了弥漫的蒜味，只是那阿姨还是嘟囔了一句："下趟吃了大蒜记得嚼一根口香糖出门！"阿姨说得对，不能光顾着自己健康而不管别人的感受吧？

有辰光，地铁里还会碰到更尴尬的事。比如常常看到年轻男女情不自禁地在车厢里拥吻，我就想不明白，如此私密的举动有必要实况转播吗？再激情四溢，也要考虑到地铁毕竟是公共场所而非你家闺房吧？有一次在10号线上，看到一对穿校服的高中生在车厢里耳鬓厮磨，那激吻的动作比电视剧镜头还老练、花哨。可是没过多久，不知为了什么事，两人居然争吵起来，到了下一站，就在车门即将关闭的一刹那，女生扬长而去，男生跟着想追去时车门已然关闭，丢在车厢里的男生好没面子，友谊的小船说翻就翻了。

有几次坐地铁无聊时，我会神不知鬼不觉地打量面前的陌生乘客，从他们的衣着打扮、言谈举止猜想他们的职业、性格、经历、学识、家境等等，然后默默地在心里勾勒人物素描，积累创作素材。

地铁普及后，欧美、日本、新加坡和我国大陆及港台地区创作了很多脍炙人口的以地铁为背景的影视作品和小说散文等，地铁成为文学构思中一个特殊的想象空间，尤其成为都市男女邂逅爱情的独特场景，甚至超越街头那些精致的酒吧和书屋。最著名的地铁文学作品有日本村上春树的《地下》、俄罗斯作家德米特里·格鲁克夫斯基的《地铁2033》和我国台湾省绘本作家几米的《地下铁》等；地铁电影有法国新浪潮电影《扎齐坐地铁》、法国恺撒奖最佳影片《最后一班地铁》和由我国青年导演张一白执导的处女作、徐静蕾领衔主演的艺术片《开往春天的地铁》等。那天我坐在地铁车厢里幻想，如果有一天让我来写一部地铁题材的剧本，我也许会这样写：那吃大蒜的家伙是一个小偷集团的成员，他们以吃大蒜为暗号，暗示同伙，相帮望风、遮挡，或者碰到麻烦时两肋插刀。而那一对在地铁车厢里忘情拥吻的情侣却是假扮的警察，激吻中微闭着双眼偷偷观察小偷的动向，便于在关键时刻以迅雷不及掩耳之势给予小偷们最沉重的打击……因为幻想太投入，以致错过了目的地静安寺站，耽误了与朋友的约会，哈哈！

原载2016年5月16日《劳动报·文华副刊》

夏日往事

夏天说来就来了。好比读书时候的班主任老师，事先没有预告，"勒么桑头"就登门家访了，让你猝不及防，让你手足无措，好不尴尬。所以一首改造过的歌"天不怕，地不怕，就怕老师到我家"传唱甚广，当年读书郎哪个不会哼唱？

好在现在再怎么暑气逼人，再怎么烈日当空，我们已经毫不畏惧了。公交、地铁"轧"归"轧"，空调总是有的；办公楼里四季如春，已经不记得什么叫大汗淋漓了；下了班，泡个澡，一杯冰镇啤酒下肚，赛过活神仙。但如此优越的环境和条件，在很多人眼里，如今变得索然无趣，哪里比得上过去度夏的快活！

记得六七十年代的夏天，没有空调、冰箱，甚至没有电风扇，照样开开心心过日子。男孩子拉上弄堂里的同伴，一大早就长途跋涉去郊野捉赚积（沪语蟋蟀）了。那个时候，现在的内环以外都属于郊野的，所以并不算太远。捉来赚积就蹲在弄堂口的过街楼下面开始了赚积大战，过街楼底下又遮阳又通风，是全弄堂最凉快的地方，也就自然而然成了全弄堂的避暑胜地、娱乐中心、小道消息广播电台。由于围观斗赚积的人太多，连老爷叔、老娘舅也好奇地伸长头颈看个究竟,于是有人实况转播:"小扁头的赚积第三次发起了进攻,阿尼头的赚积虽然断了一只前脚,成了独臂将军,但依然很凶猛,张开两只大牙反守为攻,稀里哗啦就击退了小扁头的赚积,独臂将军赢了!"围观的人意犹未尽,小扁头自然不服帖,声称明天再去赤峰路捉几只模子"结棍"一点的。那个年代斗斗赚积纯粹白相相,呒没赌博的。女孩子则三五成群,躲在树荫下跳橡皮筋,宅一点的女孩便会叫上几个小姐妹在亭子间里绣枕套,切磋手艺,原创的"作品"以后还可以当作嫁妆。

下午,午睡醒来,姆妈会端来一小碗绿豆汤,偶尔会买来一根棒冰浸放在小碗里,绿豆汤一下子变得又凉又甜。当然这不可能天天有,那是很奢侈的享受哦!那时候西瓜也是稀缺品,要凭医院的病历卡,高烧38摄氏度以上才有资格买一个西瓜解解馋。碰上运气好,有那么一两天,西瓜丰收了敞开卖,大家一哄而上,排起长龙抢购。没有冰箱,买来的西瓜用铅桶吊着,浸泡在井水里,等个二三小时,切开西瓜吃一口,沁人心脾,那效果绝对不比冰箱差。那个年代为了备战备荒,每个弄堂都挖井,井水除了天然冰箱的作用,阿姨们还会用井水拖地板,斗室里的暑气马上消退一大半。

每当夕阳西下,邻居阿姨爷叔好像商量好一样,集体出动,用水冲浇弄堂里的水门汀。暴晒了一整天的地面,经这么一冲洗,顿时清凉下来。于是,小朋友们搬出椅子、凳子,趴着写暑假作业。外公外婆往往会心疼地坐在边上帮着孩子挥着蒲扇,送出阵阵凉风。

傍晚时分，家家户户仿佛变戏法一样，搬出小桌子，摆上各式各样的菜肴。解暑开胃的家常菜最流行，诸如咸菜毛豆、冬瓜开洋、番茄蛋汤等等。窄窄的一条弄堂里，一桌一桌，错落有致，好像每天上演着家境与厨艺大比拼：王家条件好，天天荤素搭配翻花样，张家条件差，不是黄芽菜就是卷心菜；李家阿婆厨艺高强，椒盐排骨又嫩又香，赵家阿嫂水平"推板"，蛮好的丝瓜炒蛋，烧得糊哒烂浆。但有一点好，邻里之间大多数和睦相处，其乐融融，小孩子如果感到今天自家小菜不对胃口，只要捧个饭碗游荡到隔壁邻居餐桌，嘴巴甜一点，喊一声阿婆或者阿姨，就可以吃几筷欢喜的小菜，出出"外快"。弄堂里的"赤膊兄弟"更是可以随随便便跑到对方的餐桌，坐下来一起喝啤酒、嘎讪胡。

记得我家隔壁有个邻居，男主人是五大三粗的搬运工，女主人是纺织女工，家庭条件不是太好，但夫妻恩爱，尤其是太太很会做家务，里里外外收拾得井井有条。每天男人下班回家，太太已经做好了饭菜，搬一张小桌在晒台上，男人大口大口喝着啤酒，有时候啃啃糟鸡爪，有时候剥剥糟毛豆。太太不喝酒，却总是幸福地看着老公喝酒，为老公斟酒，陪着说说话。我就想，托尔斯泰也许说得不完全对，幸福的家庭其实各有各的幸福方式，幸不幸福与金钱无关。

晚饭后，各家各户又开始了大迁移，搬出躺椅、竹榻等，占据弄堂口、上街沿最有利的地形，然后形成一个个小圈子：

小年轻"四国大战"鏖战正酣;老爷叔"大怪路子"方兴未艾;阿姨妈妈说说家长里短;女生们羞红了脸偷偷议论小伙的"卖相";最热闹的要数男生们,他们围成圈,天天讲故事,从"梅花党"讲到"一只绣花鞋",有时请来老阿哥讲故事,却在不知不觉中完成了人生最初的性知识普及。

　　直到繁星点点,乘凉的队伍便陆陆续续撤退了,并在弄堂里用凉水冲把澡,随后回家睡一觉,第二天精神饱满开启了新的生活。那年头上海滩最盛况空前的乘凉之地,一为外白渡桥堍的上海大厦门前小广场,二为市百一店侧门的六合路一带。

　　到了八十年代,慢慢地有了空调、冰箱、电视机,消暑的方式也有了改变,比如用冰箱自制棒冰就成为一种时尚。晚饭后也不再抢地盘乘凉了,而是蜂拥而至居委会办的向阳院看电视连续剧。看《大西洋底来的人》,结果,麦克·哈里斯式墨镜流行一时,并被戏称为蛤蟆镜;看《姿三四郎》万人空巷,人们为竹胁无我的英俊与潇洒深深折服;看《上海滩》,每当剧终人尽,散去的人潮哇啦哇啦唱着"浪奔浪流,万里涛涛江水永不休,淘尽了世间事,混作滔滔一片潮流……"然后回家去各睡各的觉,心情爽,哪里还有什么暑气啊!

原载 2016 年 7 月 4 日《劳动报·文华副刊》

味　道

写下这个题目，脑海中情不自禁地就荡漾起辛晓琪的那首《味道》——想念你的笑，想念你的外套，想念你白色袜子和你身上的味道，我想念你的吻，和手指淡淡烟草味道……

女人往往难以捉摸，她们自己很要干净，出门在外绝不允许秀发上残留一片头屑、衣服上凸显一丝折痕，考究的还得喷洒一点香奈儿No.5或者兰蔻奇迹。可是她们却像辛晓琪那样喜欢抽烟的男人，甚至为这样的烟草味道而着了魔。我认识一个女生，年轻时也是校花一朵，漂亮而知性，温婉而柔雅，可偏偏找恋人非得抽烟不可。问她为什么，答曰：抽烟的男人才够Man，才够风度，才够味道。

而有些女人则相反，平时并不讲究，素面朝天，常常还穿着睡衣，趿拉着拖鞋就去超市或者菜场了，却又绝不允许自己的男人抽支烟，讨厌甚至厌恶香烟的味道。别看有些男人在外趾高气扬，指手画脚，回家抽口烟却不得不躲在厨房间的脱排油烟机底下。本来，抽烟是为了提神解乏、活跃思路，现在好了，在隆隆的油烟机噪声中猛吸几口，匆匆完成任务了事，好比偷鸡摸狗，一副囧样。我不知道这样的烟抽得还有什么味道?

比这个更惨的还有。单位里有个同事,有名的老烟枪,但下班回家太太管得严,即便去脱排油烟机底下抽也不行。唯一的例外是,如果有访客,那么作为招待节目,是允许陪着客人一起抽几支的。于是,我的这个同事特别盼望有亲朋好友上门做客,要是一晚上没有客人,心里就特别"挖塞"!假如有客人上门,他是全心全意殷勤接待,你说要走,他非得多留你一会;你终于要走了,他非得送你,你说留步,他不但不留步,还执意送你到车站,哪怕下雨天,也一定撑着伞送你。你以为他好客,其实他是为了多抽几口烟而已。

味道的原意是指物质所具有的能使舌头得到某种味觉的特性,就是阿拉上海人讲的"米道"。"米道老灵额",说明是美味。上海人接待朋友,如果是贵客,又恰逢春天,那么去崇明岛吃刀鱼,是很有面子的。假如你是工薪阶层,刀鱼太奢侈,改为腌笃鲜也是不错的选择,既有面子,又经济实惠。如果"空山新雨后,天气晚来秋",那么不以大闸蟹相待,你在朋友面前是很失分的。所以,很多明星喜欢秋天来上海,大闸蟹的诱惑也算一个缘由。听说舒淇一口气能吃七只,张柏芝五分钟就可以把一只大闸蟹吃得干干净净,这都是有记录可查的。

当然,有辰光招待朋友不用花多少钞票,照样可以尽显上海特色,比如几客生煎,再加一碗双档,是真朋友,足矣!无论是大闸蟹还是生煎,上海人招待你的时候,都会说一句"米道老灵额"。

"米道"灵还是勿灵，其实没有统一标准。四川人不怕辣，湖南人辣不怕，江西人怕不辣。光一个辣，就吃出不同的"米道"来。但不管怎么说，上海确实算得上是美食之都，八大菜系也好，各地小吃也好，包括世界各地的美食，都能够在上海滩寻觅到踪影。在申花、上港踢球的那些外援，登巴巴、莫雷诺、孔卡、埃尔克森等都特别愿意留在上海，其中有一条理由就是在上海有他们喜欢的"米道"，称赞说在上海的巴西餐厅里能吃到正宗巴西"米道"的烤肉。可见，海纳百川不是随便说说的，它"纳"的不光是文化，还有包罗万象的"米道"。

当然，味道还可以引申为品位、品味、回味、气味以及意味、趣味等等。比如都教授金秀贤从校园走过，非上海籍女生会说，"哇，快看，都教授帅呆了！"上海女生会讲，"哟，都教授老有米道额！"说帅呆的注重外表，说有"米道"的关键是气质，区别还是蛮明显的。可惜，长期以来，由于偏见，上海人特别是上海男人在外地朋友的眼里就是小市民味道，在北方的一些小品中，包括春晚小品，那些斤斤计较、抠门猥琐，充满市侩味道的男人都说着很不地道的上海话。如果有外地朋友说你一点不像上海人，请不要生气，那是对你最大的肯定和褒奖。当然，有一点要注意，上海人说这个人有"米道"，说明此人身体散发出难闻的味道，比如不注意卫生，汗味太浓，或者有狐臭隐疾；如果在说"米道"前加个"老"字，讲这个人老有"米道"，那么毫无疑问就是表达对此人由衷的欣赏。

写着写着，脑海里又回荡起辛晓琪的那几句歌词。可惜我没有白色袜子，手指间也没有烟草味道。如此平凡平淡平常，是不是人生很不够味道？

原载 2016 年 7 月 25 日《劳动报·文华副刊》

尴尬不尴尬

读小学时默写生词,因为"尴尬"两字笔画多,老是写错。老师恨铁不成钢,骂过几回,所以好尴尬。长大以后才发现,在生活中尴尬是无所不在的。

小辰光隔壁后厢房苏北阿姨儿子因为皮肤黑,绰号黑皮,谈了个女朋友,刚刚"敲定"。那时明确了恋爱关系的女朋友,上海话叫"敲定"。弄堂里邻居之间碰到往往会问:你家小把戏"敲定"有了哦?苏北阿姨提高嗓门哇啦哇啦说有了有了!邻居再问:"在拉块块上班呢?"要是里弄生产组的,苏北阿姨的音调马上降了下来;要是工矿的,音调马上高八度。

话说黑皮这天请女朋友去横浜桥罗春阁吃生煎,那时没有歌厅酒吧,所有有点情调的东西都被贴上小资产阶级的标签而打入冷宫了,所以能吃到生煎已经算是很有情调了。黑皮与女朋友坐下不久,冒着热气的生煎就端上桌了,毕竟平时生煎吃得少,黑皮有点急吼拉吼了,一口咬下去,生煎的汤汁便嗞地往女朋友"册刮勒新"的确良衬衫上直奔而去,场面十分尴尬,气得女朋友当场"翻毛腔"。第二天,介绍人传过话来,"敲定"拗断了。小姑娘讲,吃没吃相,太没文化了。当邻居再问起黑皮"敲定"有没有,乖乖隆地咚,弄得苏北阿姨尴尬得一塌糊涂。

其实,不是所有的尴尬都一定尴尬,有辰光因祸得福,尴尬反而带来意想不到的惊喜。记得前几天的聚会上,老同学阿林酒过三巡讲了自己的恋爱经历。说有一次上班乘公交,紧跟在他后面的是一个穿粉色连衣裙的女生,因为女生花容月貌,阿林不免多看了一眼。突然听得女生惊叫一声,啊呀,原来女生出门匆忙,换了包包却把钱包、交通卡等落在家里了,现在真是进退两难,好不尴尬。阿林脑子还算活络,赶紧摸出两枚硬币,英雄救美。女生自然感激不尽,于是主动坐到阿林的边上。因为互生好感,便留了电话。随着交往的增多,很快就"敲定"了,然后结合在一起,都十多年了,没有面红耳赤过一次,成了化尴尬为惊喜的一段传奇故事。

生活中,小小的尴尬几乎天天上演,甚至成了我们生活乐趣的一份不可或缺的佐料。好比再伟大的厨师,假如只有食材没有调料也是烧不出所谓唇齿留香的珍馐美味的。我自己也碰到过不少小小的尴尬,印象深刻的是:有一天早上翻出一双袜子,穿上才发现右脚的大脚趾处有个很明显的破洞。想想新袜子没穿几天,有些舍不得丢掉,反正穿在里面也吭没啥人晓得,便心安理得穿着上班去了。下了班同事邀请去吃日料,我满不在乎地答应下来。谁知,到了日料店才后悔莫及,领班小姐要进门食客都脱了鞋。脱鞋辰光才意识到自己的袜子上有个破洞,这个尴尬至今回想起来都是无地自容!好在手上有一本杂志,便将计就计，脱鞋时用杂志遮挡了一下，终于没在小姐面前露出破绽。只是坐下后再不敢轻易起身，连上个洗手间都忍了，就怕穿着破袜子被人"刮三"。

谁的人生没有过尴尬？英国前首相玛格丽特·撒切尔，号称"铁娘子"，1982年来北京与邓小平谈香港前途，她希望1997年后大不列颠王国继续管治香港，而小平给出了主权问题绝不让步的最强硬回答。会谈结束，当撒切尔夫人走出人民大会堂时，一个趔趄，摔倒在台阶上，全世界目睹了撒切尔夫人的尴尬！后来撒切尔夫人访问美国时曾谈到这个终生难忘的尴尬一幕，说走出人民大会堂时就在想，身材矮小的邓小平为什么能够如此强硬？这样想着，精神一恍惚就摔了下来。

很多成功人士为什么成功？不是他们没有尴尬，而是他们从来不惧怕尴尬，并善于在尴尬中逆风而行。马云当初应聘肯德基服务员，二十四人应聘，结果二十三人录取了，马云是唯一被淘汰的。后来他又去应聘警察，总共五个人，录取了四个，马云又成了那个唯一落选的倒霉蛋。马云自己也知道，失败的很大一部分原因是长着一张外星人的Face！但马云沉沦了吗？没有，如果马云有一点点灰心丧气，就不可能成就今天的阿里巴巴。

反之，我们很多人也有过梦想，但之所以未能成功，就是因为在尴尬面前犹犹豫豫、惶惶不安。我的一个朋友，年轻时暗恋一女生。其实那女生也暗恋他，毕竟他写一手好文章，是单位里公认的才子。但他不敢表白，女生当然也不好意思表白，都怕被拒绝时遭遇尴尬，结果与一段美好姻缘擦肩而过，至今后悔不迭。

所以，尴尬不可怕，可怕的是尴尬了还在畏首畏尾，还在装腔作势，那才是真正的尴尬。

原载 2016 年 8 月 15 日《劳动报·文华副刊》

男人的面子

想写这个题目不是一天两天了，原因就是我的一个很熟的朋友，每次约他出来吃个饭、喝口酒，太太老是电话追着他，几乎半小时一通电话，问他和谁在一起、几点可以回家？他说和杨老师在一起呢，他的太太就会把电话打到我的手机上，查验一下是否真的和杨老师在一起。弄得他在外应酬三番五次抬腕看表，心神不定，在朋友圈里真是脸面丢尽，太没面子。

女人其实还是不够了解男人。男人经常应酬，深更半夜回家，女人不放心，生怕在外面包二奶、养小三，总是微信催、电话盯，出发点是好的，但结果呢，往往适得其反。如我的那个朋友，因为"妻管严"变得唯唯诺诺、战战兢兢，那么在事业上也不可能有大的出息；而有些男人，一旦产生逆反心理，破罐子破摔与太太对着干，那么这个家庭就算彻底完蛋。男人要管，但不能管得太赤裸裸，更不能动员全家男女老少齐抓共管，要管管放放、放放管管、管放结合，尤其要内紧外松，在外面一定给足男人的面子。

男人的面子与女人的面子是不一样的。女人的面子在穿戴上，没有几件弹眼落睛的衣裳、包包和首饰，莲步难移，足不出户啊！男人的面子在朋友交往上，朋友多，路道粗，屋里厢碰到"喇叭腔"事体，一只电话各路朋友"急促乌拉"赶到，一切问题迎刃而解，多有面子的事啊，腔势勿要太浓喔！

所以，男人的应酬看上去吃吃喝喝，其实多交几个朋友，对自己事业也许会多一份帮衬。聪明的女人拎得"煞煞清"，不要看她跟小姐妹叹苦经："阿拉老公天天在外面应酬，拿屋里厢当旅馆，拿我当娘姨！"你以为她在"骂山门"，实质上在为老公争面子。

要面子没错，但不能为面子而面子，甚至死要面子活受罪。我认识一个朋友，烟瘾很大，天天抽中华牌不现实，为了面子便想了个办法，把红双喜香烟放在中华牌烟壳里，装装门面。好比上海童谣里唱的"赤膊戴领带，赤脚穿皮鞋"，洋勿洋，腔勿腔。一个工薪阶层，出手就是中华牌，赤佬相信侬啊！旧上海，有些男人家徒四壁，但为了撑面子，出客的西装总归有一套，上海人说一家一当全部在身上了。这种男人"不怕天火烧，就怕跌一跤"，为啥？屋里厢本来一无所有，烧光就烧光，但跌一跤勿得了，西装跌破，面子跌光。

还有一些男人为了面子血气方刚，争强好胜。有个朋友，大学毕业与同学阿华一起进入金融界。几年一过，阿华擢升为分行行长，而他还是小科员一枚，心里"老老齁势"！前几年买车子，阿华买了帕萨特，这家伙开丰田皇冠；最近阿华换了奥迪A6，他咬咬牙借了钞票换成宝马X5。跟行长别啥苗头啦！侬车子比行长派头，但伊总归是侬顶头上司。侬不给领导面子，领导凭啥给你面子？你以为争了面子，而同事们背地里骂你"寿头刮气"！

据说日本男人也是死要面子那种，下了班明明可以直接回家，却偏偏要绕个圈子去酒吧"孵"一会，或者只是找一家窄小的居酒屋买一回醉。一方面工作压力大，喝喝酒，减减压；另一方面，更重要的是，男人们骨子里想法：下班直接回家很没面子。所以宁肯自己"摸袋袋"去喝点小酒也要造成工作很忙、应酬很多的假象。在世俗的顺口溜里，有面子的男人是"天天歌厅酒吧"，没面子的男人是"下班回家烧菜做饭"，更没面子的男人是"下班回家遇见了老婆的那个他"。争面子争到这个分上，真是天晓得！

其实每个人都是要面子的，关键是要什么面子。一方水土养一方人，地域不同、环境不同、地理气候不同，导致文化观念不同、性格特征不同、为人处世不同。北方男人嗓门大，酒桌上划拳叫得震天响，哪怕喝得烂醉如泥也绝对不愿失了面子；买单辰光，北方男人也是喜欢哇啦哇啦抢着买，"寻相骂"似的，拖也拖不牢，就是裤袋里的皮夹子不急于摸出来。上海男人讲究腔调，喝酒不讲度数高不高，不讲喝得多不多，讲的是酒桌上有没有投资项目、股票走势、楼盘信息。买单辰光一点不张扬，眼看喝得差不多了便趁着上卫生间的工夫，"闷声勿响"把单买了。当众人吵着买单时，服务员小姐轻轻说一声，"勿要争了，迭位先生已经把单买脱勒！"多少有腔调有面子啊！

很多人搞不明白，扎克伯格比李嘉诚富得多得多了，但穿的T恤却老是那件灰不溜秋的，像个老大爷；开的车子也是一万六千美元的本田飞度，不如上海的一个小白领。这说明什么？说明一个男人真正的面子在事业！

原载 2016 年 9 月 5 日《劳动报·文华副刊》

女人的眼泪

说到眼泪，其实男人女人都有，为啥单说女人的泪呢？因为男儿有泪不轻弹，男人老是哭哭啼啼是最没有腔调的。男人可以不会抽烟，不会喝酒，但不可以不坚强，不可以大事小事、有事无事的以泪洗面。而女人就不一样了。贾宝玉说女人是水做的，因此女人哪怕哭得稀里哗啦，男人不仅不反感，而且更加容易动感情。

比如中国女排，历经千辛万苦终于夺得里约奥运冠军时，姑娘们跳着拥抱着，哭成一团，连那么坚强的郎平也止不住热泪夺眶而出。此时此刻，只要是黑头发黑眼睛黄皮肤的炎黄子孙，没有人会因此而不动容的！

还有那个福原爱，论乒乓水平，中国可以一抓一大把，但为啥中国球迷却独独喜欢她？因为她哭起来好可爱，好漂亮。别的不说，就说里约奥运女单半决赛，福原爱对阵卫冕冠军李晓霞，看这种实力悬殊的比赛其实最没意思了，但我还是忍不住打开了电视，就是想看看瓷娃娃流泪时的瞬间定格。最后一局李晓霞上来又是一阵秋风扫落叶，噼里啪啦打了个8∶0，心想此刻福原爱应该泪眼婆娑了！果不其然，只见她不停地仰头看天花板。仰头不为别的,只是为了不让眼泪掉下来,因为眼眶里早已噙满了泪水。越如此,越迷人,连李晓霞也不忍心,接发球时故意下网,让了福原爱一分。

与福原爱不同,林黛玉的泪那是一种凄婉的美,是令所有男人不得不动了恻隐之心的美。每次读《红楼梦》,但凡读到林妹妹流泪的情节,便会油然想起李白的诗句:"美人卷珠帘,深坐颦蛾眉。但见泪痕湿,不知心恨谁?"把闺人幽怨泪流的情态刻画得那么栩栩如生,李白真是信手拈来,妙笔生花啊!而王熙凤同样是女人,你会像怜惜黛玉一样怜惜她吗?不会吧?一个女人假如整天狠三狠四,从不流泪,这样的女人少了太多的女人味。

读书时,班里皮大王阿胖暗恋上了女生楚楚,他来征求我的意见,讨教泡妞的诀窍,于是我问了阿胖三个问题,"侬欢喜楚楚,吃准哦?""吃准。""侬吃准楚楚欢喜侬哦?""吃准。"前面两个问题阿胖回答得"刮辣松脆",勿打"嗝楞",最后一个问题阿胖吃瘪。"楚楚在侬面前落过眼泪哦?""没,没,好像从来呒没过。"我对阿胖讲,侬连女生流泪都没有看到过,说明你们离"敲定"还有十几条横马路呢!为啥?因为她还没有把你当作自己人,感情世界还不好意思在你面前彻底打开。"女人不流泪,楚楚不动人啊!"不知道这句双关语阿胖听懂了没有?

女人的泪就是情感催化剂。用老掉牙的文学语言形容,女人的泪是温柔的致命武器。再结棍的男人,面对女人的眼泪也会手足无措,心理防线全面崩溃,败下阵来。小辰光,隔壁弄堂里有个街道一霸咸菜头。这家伙赌博、偷盗、敲竹杠、打群架,无恶不作。谁要是敢在他面前说个不字,咸菜头眼乌珠一弹,胸脯拍得乓乓响,大拇指一跷晃两晃:"哪能?勿服帖是哦?我咸菜头山上下来额,啥个世面没见过?小赤佬骨头痒,想吃拳头是哦?"就这样一个天不怕地不怕的人,后来居然改邪归正,老老实实上班去了。

传说,因为咸菜头谈了个女朋友。咸菜头与娇小柔弱的女朋友是邻居,双方知根知底。咸菜头从小暗恋这个邻居妹妹,现在鸿运当头,自然对女朋友百依百顺。一有风吹草动,比如赤膊兄弟来叫了、出门辰光长了、鼻青眼肿回家了,只要女朋友梨花带雨,弱弱地说一句:"侬老是迭副尕头势,我看阿拉还是分手算了!"咸菜头保证开软档。

咸菜头自己跟小兄弟讲:"只要阿拉女朋友一落眼泪,我心就软脱了。以后,我再也勿出来白相了!"女朋友对小姐妹讲:"女人落眼泪也是一种发嗲,是男人,心都会软。如果一个男人对女人的眼泪无动于衷,这样的男人铁石心肠,没救了,趁早拜拜吧!"派出所的户籍警见到咸菜头女朋友就拉着她的手表示感谢:"我们想了那么多办法都挽回不了他,你用的什么绝招?有什么秘密武器?"咸菜头女朋友不等开口,眼圈又微微红了……

真是用尽洪荒之力,不如女人一行热泪。当然,潸然泪下发发嗲也要掌握分寸和火候,如果动不动便呼天唤地号啕大哭,那不是温柔的武器,反而成了毁灭情感的炸药了。

原载 2016 年 9 月 26 日《劳动报·文华副刊》

太太管理经

很多男人欢喜"掼榔头":"阿拉屋里厢小事老婆做主,大事听我呢!"而事实上呢,屋里厢哪有啥大事,多少年才买一回房,你敢不听太太的?炒股票大势不妙,你能做多少主?最多偷买几张福利彩票还抖抖豁豁呢!所以啊,在屋里厢管着大事小事的十有八九还是太太。要不上海人怎么会把太太叫作"家主婆"呢?现在与时俱进,又流行把太太改称领导、书记了。

有的太太以为管男人就要狠过头,于是在屋里厢整天颐指气使,"五斤吼六斤"。碰到胆小的男人可能忍气吞声;碰到勿买账的男人可能大吵三六九、小吵天天有;而碰到有心计有城府的男人可能表面上俯首称臣,背地里却暗度陈仓呢。

有的太太以为收走了男人工资奖金,财政大权到手,就一切OK了。这也太小看男人的智商了。男人真要动"歪脑筋",他有太多的办法囥私房铜钿了。其实,大多数男人是"有贼心没贼胆"。而如果太太们非要管头管脚管得太死,那么"哪里有压迫哪里就有反抗",结果使得出轨的概率反而大大提升。

本来没花头的,说不定"横竖横",真找其他女人去"白相"了;本来就花嚓嚓的,想方设法加以防范,把地下工作者对付敌人的一套办法驾轻就熟地用上了。比如把手机里小三的署名改称处长，手机一响，太太查看，一见是处长，赶紧催接电话："快，处长找侬！"接了电话对太太说，"要出去一下，处长找我有事。"太太"鲜格格"："快去快去，零用钱够勿够？"话音未落，二十张"毛爷爷"已经塞进了男人的裤兜里。

所以，太太的管理经也是一门学问，有"窍槛"的，采用简单粗暴的方法往往难以奏效，倒不如学会甄别是非曲直，细心观察男人的言行是正常的社交活动还是真的在外面"花嚓嚓"。如果男人应酬回家支支吾吾讲勿清爽去了啥地方，回家闷头就睡，对勿起，很可能"出花头"了。

朋友阿庆的太太有一次找到我，讲："最近一段辰光，阿庆半夜应酬回到屋里厢，也不先跟我打招呼，而是直接进卫生间汰浴去了，一定有鬼，想把身上狐狸精的胭脂味洗干净！"我答应跟阿庆谈谈。阿庆拍胸脯说只是接待客户，喝了酒又去歌厅唱唱歌。

过了一段辰光，碰到阿庆太太，又叹苦经："现在回来倒是先跟我嘎嘎汕胡了，但是东拉西扯，没头没脑，从韩国欧巴扯到美国奥巴马，一定在掩饰什么，奥巴马跟阿拉小老百姓有啥关系？"其实吧，太太也可以主动跟男人拉拉家常，尤其可以多讲讲儿女的事，用家庭的温暖拴住男人的心思。假如有足够的家庭温暖，一个正常的男人怎么可能轻易背叛太太呢？有些太太不解"风情"，男人应酬回家，故意赌气，侧过身装睡，留个背影给男人。男人想打个招呼，话还没说半句，太太冲上一句："半夜三更讲啥么事，我要'睏高'（觉，沪语读作高）了！"隔头隔脑泼了男人一身冷水。

最忌太太老是嫌自家男人无能,更令男人忍无可忍的是老是把别的男人挂在嘴巴上。有个朋友,太太总是唠唠叨叨:"隔壁老王多少'来赛',勿要看伊是个小科长,但晚上从来不回家吃饭,经常有人敲门送来土特产。"我的这个朋友从此灰头土脸,直到隔壁王科长在反腐风暴中被纪委叫去"喝茶",才总算在太太面前扬眉吐气。

所以,无视或者鄙视丈夫只能说明太太的无知或者无能。男人可能事业上不成功,但他只要一心为家,家务做得挺括,全家老少回到屋里厢就能吃上热饭热菜热汤,有啥勿好?男人像小囡,有辰光也要靠激励机制、动态化管理。比如男人难得烧一次菜,太太要是鼓励说烧得真好吃,勿比饭店"推板",男人肯定烧得更加起劲。反之,男人难得买一次菜,太太啰里啰嗦抱怨菜勿灵光、价钿太"巨",男人要么从此打死也不去菜场,要么像我的同事老沈一样,买了菜,明明五块一斤,怕太太烦,索性讲成三块一斤,太太是三把钥匙挂胸口——开心开心真开心,碰到邻居就夸自家男人会买菜,介好梭子蟹只要十块一斤。邻居讲,啥辰光帮阿拉也买几斤。可怜老沈只好贴进去私房铜钿。

当然,对付沉湎于黄赌毒的男人,则要辣手辣脚管。太太如果力不从心,还可以发动公公婆婆大叔子小叔子大姑子小姑子阿姨爷叔娘舅伯伯连襟妯娌,全家老少齐抓共管。实在无可救药,直接送去派出所管。再不行,这样的男人离了也罢!

原载2016年10月31日《劳动报·文华副刊》

冒烟的火车

小辰光盼望坐火车,是因为一幅画面老是留在脑海里挥之不去:崇山峻岭中,一列转弯的火车,车头冒着白烟,如朵朵云絮随风逝去,绵绵不绝。

可是那时候坐火车不是一件容易的事。当红卫兵们浩浩荡荡地不用买票直接上车免费革命大串联时,我们还小,最多只能免费坐上公交车,奶声奶气地背诵毛主席语录,从起点站坐到终点站宣传毛泽东思想,过过瘾。直到中学将毕业,差不多已是"文革"后期的辰光,才有机会与同学结伴第一次坐火车去了苏州。虽然路途太短,但毕竟头一回坐火车,新鲜感至今难以抹去。尤其是火车转弯时,打开车窗,把小脑袋伸出窗外,迎接从车头飘来的缕缕白烟,真有飘飘欲仙的感觉。哪像我阿哥,老三届初中生,以革命大串联的名义坐火车去北京、长沙、广州等地,16岁初中毕业又和一帮同学满怀豪情坐火车去云南的一个穷乡僻壤插队落户。

我最难忘的一次经历是,有一年回老家宁波过春节。老底子火车票紧张得来"好好叫"比后来的春运"结棍"多了!到北京东路售票处连夜排队只买到棚车票。所谓棚车,其实就是货车，春运期间临时用来拉人呢。一节车厢塞进一百多号人，吪没座位，全部席地而坐；吪没车窗，黑铁墨脱，全靠几只小灯泡照明，昏昏沉沉。有经验的乘客坐下后就闭目养神，再不轻易站起来。有个老爷叔坐久了，站起来活动一下筋骨，没想到原先的一小块地盘"隔手"就被人占掉了。车厢角落用布帘拉出一块地盘，里面放个大马桶，权当厕所，臭气熏天，空气混浊得一塌糊涂。就这么简陋、混乱的车况，还有人喜欢坐棚车，为啥？因为车票便宜，省下几块铜钿可以多买一些宁波咸蟹、年糕回上海。那辰光物资短缺，吃喝拉撒什么都要凭票，买个西瓜甚至要凭医院证明，高烧38℃才有资格解解馋。

最混乱的一次旅行是坐慢车去广州。那时刚改革开放，广州火车票特别吃香，"五斤吼六斤"托关系好勿容易买到两张，上了车才晓得还要去鹰潭转车。从鹰潭出发时，车厢里水泄不通，走廊上、车厢连接处、厕所里到处是乘客，座位前的小茶几上也坐满了人，更夸张的是，连行李架上都有人躺着。现在的网红"葛优躺"哪里比得上行李架上躺啊！

我从座位起身去车厢连接处的开水房打点水，就这么一节车厢的距离，来回一趟竟花了半个多钟头，可见"轧"的程度何等恐怖！车到半路，一个农民放在行李架上的一筐鸡蛋"勒么桑头"翻了下来，破碎的蛋壳和蛋液把底下坐着站着的十多个乘客浇淋得满身都是。于是，哭声、笑声、叫声、吵声、骂声、打闹声弥漫整个车厢。事态稍稍平缓后，那个闯祸的农民揪着乱草般的头发，蹲在角落里懊恼不已。这筐鸡蛋原本承载着他的满腔希望,也许换了钱是为了孩子开学交学费,也许换了钱是为了带久病卧床的老母去医院……看着他难受的样子,我站起身,摸出一张十元纸币默默地放在他的竹筐里,坐在我边上的一对香港老夫妻也捐出了十元港币。那年代,二十元也算一笔巨款,足够抵得上那筐打碎的鸡蛋了。那农民嗫嚅着没有说出话,眼眶里早已噙满泪花。

最漫长的是坐火车去乌鲁木齐,四天三夜的行程。那辰光我刚进一家行业报不久,和一个老记者搭档,随车体验采访邮政押运员。一路上押运员都在忙着码堆邮包,一到站点,便要在短短的几分钟内把到站的邮包卸下车,然后快速把新的邮包捎上,重新码堆,等待下一站。一路上他们几乎很少有休息辰光,十分辛苦。只是列车过了敦煌,进入大西北茫茫戈壁,才稍微可以喘口气。几天下来,我们不仅跟押运员混熟了,而且跟列车上的列车长、列车员、路警等也都混熟了,有一次还混到火车头,跟正铲着煤块往炉膛里添煤的司炉聊上了天。记得那姓王的司炉告诉我,他已经在火车上干了三十多年,累是累点,但很踏实,也是从小的理想。王师傅是农村的孩子,每当看到一列列冒着白烟的火车从村后面的山麓经过,总是欢呼着、追逐着,期盼着自己也能做个铁路工人。火车经过时"呜"的一声汽笛长鸣以及轮子和铁轨摩擦后发出的"哐当哐当"的声音,在王师傅听来也特别迷人,夜里要是听勿到这些熟悉的火车声反而不习惯,会失眠。

往事如烟。冒烟的火车早就被淘汰了,进了博物馆。取而代之的是早些年的内燃机车，如今的动车和更先进的高铁。高铁成了中国的骄傲，全世界为之侧目。我们再也听不到"哐当哐当"的声音了，再也听不到蒸汽机车的汽笛长鸣了，能感受到的是"嗖"的一声仿佛飞出去的子弹一样的中国速度……

  原载 2016 年 10 月 13 日《上海铁道》报

  《高铁时代》专刊

羡 慕

　　羡慕，上海人说成"眼仰"。眼睛仰望着，好一副羡慕的样子！所以我一直有个念头：应该用"眼仰"取代普通话的羡慕，这样是不是更形象、更有画面感？

　　说到羡慕，一些陈年往事便不由自主地涌入脑海。十年动乱期间，中学里一个男生，爷爷是贫农，老爸是码头工人，顶呱呱的红五类，理所当然成了红卫兵排长；一个女生，爷爷以前是洋行里的买办，老爸是"小开"，被贴了大字报抄了家，硬碰硬的黑五类，所以加入红卫兵的愿望泡了汤。本来，这两个出生迥异的人是不可能有什么纠葛的，可是女生"眼仰"男生家庭成分"挺括"，将来毕业分配条件"硬扎"。男生也"眼仰"女生，虽然被抄过家，但毕竟底子在，同样早餐吃泡饭，总有一小碟油氽花生，常常还有油条；而自家屋里厢，一小块腐乳要老老少少一家门过泡饭的，千年"难板"吃一趟油条，兴师动众，赛过过年，而且最多一人半根，还要酱油里蘸一蘸，"交关做人家"。就这样，两个人因为侬"眼仰"我我"眼仰"侬，便互生好感，然后就走到了一起。毕业分配虽天各一方，但靠着鸿雁传书，依然相处甚欢，很快喜结连理。直到改革开放，各种思潮冲击之下,最终还是"拗断"了。

家庭背景、文化教养、生活习惯等等不一样,羡慕的对象和目标也会随之发生变化。再往大点说,这种变化与时代思潮有着更明显的关联度。1977年恢复高考,一大批被"文革"耽搁的老三届知青一夜之间成了天之骄子,连那些拖儿带女、胡子拉碴的老爸级大学生也整天穿着左胸口佩着白底红字校徽的衣裳,引来万千女青年"眼仰"。九十年代初,老百姓的生活还是紧巴巴,因而很多人开始"眼仰"港澳同胞、台湾同胞、海外侨胞,谁的屋里厢如果与这个"胞"那个"胞"沾亲带故,那是相当"扎台型"的。

由此还掀起一阵留洋的风潮,上海人大批大批漂洋过海去日本,当时的盛况,有段子为证:"在北京街头随便丢一块石子,很容易就砸到一个处长;在东京街头随便丢一块石子,很容易砸到一个阿拉。"记得弄堂里有个老姑娘,东托西托,总算嫁给了日本人。但东渡扶桑好多年却没有回来省亲,后来传说老公不过是个日本乡下人,在北海道的山沟沟里。十年后,老姑娘终于回来上海,弄堂里一帮"小赤佬"不懂事体,看到那日本老公便跟随在他屁股后头哇啦哇啦唱着改编过的儿歌:日本阿乡到上海,上海闲话讲勿来,米西米西吃咸菜。

世界上没有十全十美的事,你"眼仰"他风光的一面,其实他内心也有"挖塞"的一面,只是外人并不清楚而已。公园里两个老邻居久未见面,便热络地坐下来"嘎讪胡",张奶奶是小学退休老师,李阿婆是纺织厂退休工人。张奶奶讲起儿子眉飞色舞,大学毕业后去美国读博士,现在留在洛杉矶工作。李阿婆勿要太"眼仰"噢,自家儿子只读到中专,现在造船厂当工人,寻了一个外来妹结婚生子。

其实,李阿婆有所不知,张奶奶早年丧夫,独自抚养儿子,如今儿子出息了,却很少回来。老太太孤形吊影,终日思儿,以泪洗面。而李阿婆儿子尽管只是蓝领,但孝顺父母,每天下班回来一大家子围桌吃饭,谈天说地,其乐融融。所以,该"眼仰"的是张奶奶,"眼仰"李阿婆儿孙绕膝,尽享天伦之乐。

当很多人羡慕国外生活,趋之若鹜、浩浩荡荡奔赴五洲四海时,殊不知老外们却也在"眼仰"咱们中国人的生活,为啥?因为在纽约,你敢半夜三更独自上街吗?在里约,你敢把钱包塞在裤后袋里吗?在开普敦,你敢拿着 iPhone 招摇过市吗?来自瑞典的马克来上海七年了,乐不思蜀。他说,在上海生活很安全,商业又特别发达,商店开到很晚,哪怕到了深夜还有很多便利店、餐厅、酒吧在开门迎客,双休日、节假日也不打烊,这在西方是不可想象的。还有中国电商的发展也令人惊叹,各类商品和餐饮外卖应有尽有,网上下了单,快递很快送上门,满大街都是快递小哥驾着电瓶车在飞奔。这在我们瑞典绝无可能,那么多快递员哪里去找啊,上海的互联网生活真是"乓乓响"!这家伙上海话讲得"石骨铁硬"。

尺有所短寸有所长,当你羡慕别人时,说不定别人也在羡慕你呢!

原载 2016 年 11 月 28 日《劳动报·文华副刊》

女人与烟

我自己不抽烟,但有好多抽烟的朋友,有男的,也有女的。男人抽烟司空见惯,而如今女人抽烟也是"木佬佬",成为一种时尚,趋于流行。以前女人抽烟少,后来慢慢多了起来,但也只是限于餐厅、酒吧。这些年,抽着烟,行走在路上的女人突然冒出来不少。

夏日清晨,看到一个匆匆走在路上的女郎,披肩发染成金黄,袒胸露背的黑色连衫裙超短,露出一大截白白的大腿,指甲和嘴唇一样被抹成猩红色,指间嵌着一支细细的摩尔,边走边老练地吐着烟圈。我猜想,这样的女郎一定是刚从夜店下了班的,用烟打发无聊的生活,放浪形骸。以前上海人把这种女人叫作"拉三"。

每个抽烟的女人其实都是有故事的。

那天在朋友的聚会上认识了一个女人,当她伸出手主动同我握手时,瞥见她纤细的食指与中指尖留着蜡黄的印记,很明显,烟抽得够凶。后来据朋友说,这个叫小雨的女人是因为感情受挫才抽上的烟。第一次追一个比自己小五岁的男孩,那"小赤佬"嘴巴甜,花头花脑。谈了半年,"小赤佬"说:"阿姐,我想去澳洲留学,机会难得,等我去几年立牢脚跟,侬一道过来享福!悉尼蓝天白云,空气好得来'吓瓦宁'(沪语,意很厉害)!"小雨被花得稀里糊涂,当"小赤佬"提出借点钞票时,小雨勿打一点"嗝楞",爽爽快快拿出八十四万,几乎是一生积蓄。谁晓得,"小赤佬"一去不复返,杳如黄鹤。

时隔几年,小雨又谈了一个迪拜男友。那土豪出手大方,但等到小雨跟着他去了迪拜,戆脱了!土豪在迪拜已经有了两个太太,人家是明媒正娶,法律允许,但小雨千里迢迢去迪拜做"小三",心有不甘。再说了,万一有点啥事体,叫天天不应叫地地不灵啊!于是,吓得小雨跌跌撞撞逃回上海。从此,她用抽烟麻醉自己感情的失败。

有些"社牛"女人,本来并呒没抽烟爱好,只是因为身处社交圈子,看到男男女女都在抽,感觉如果自视清高坚持不抽的话,有点游离于圈子的意思,因而碍于情面,也抽起烟来。一来二去便上了瘾。还有些社交圈里的女人,以为抽烟的女人优雅,有风度。其实上海人在背地里把这种女人叫成"白相人嫂嫂"。

当然,不是所有的故事都是消极的。我的朋友珊珊,是一家都市报的著名记者和专栏作家,每天的写稿量很大。写久了难免又困又乏,先是靠喝咖啡提神,但喝多了发现咖啡因失效了,喝咖啡赛过喝白开水,后来就改成抽烟解乏。辰光长了,抽烟成了习惯,似乎手指上不夹着一支烟感觉空空落落的,思路啊灵感啊都消失了,无影无踪,常常坐在电脑前发呆,键盘上敲不出一个字来。所以,珊珊开玩笑说,她的烟瘾都是被忘我的工作"害"的。

因为工作原因而抽上烟的女人还真不少，比如开出租车的"的姐"。去年冬天的一个深夜，我出差返沪，在浦东机场坐上了一辆"蓝色联盟"，刚起步，"的姐"便回头跟我说："先生，我抽根烟好哦？今朝开了一天'差头'了，实在'瞓煞'了，抽根烟提提神。"本来我是很反感在出租车这么小的空间里抽烟的，更不喜欢女人抽烟，但为了安全，万一出了车祸倒霉的还不是我，便点头同意了。

最震撼的故事是央视的一个著名女主持，退下后没几年工夫却衰老得不像话，简直判若两人。传说有一次她去菜市场买菜，一位大姐看到她不敢相认，情不自禁哭了起来："你怎么这么老啊？是不是过得不好？"周边买菜的阿姨爷叔看到了也围了上来，大家都特别想知道，以前那个令大家骄傲的女主持怎么会变成这样，究竟哪里过得不好？她笑着安慰大家："过得不好还能买黄花鱼吃啊！"

这个女主持之所以衰老得那么快，据说是因为感情不顺、孩子生了大病，因而重压之下抽上了烟。圈里的朋友都说，她是"老枪"了，几乎烟不离手。所以女人啊，要爱惜自己，抽烟不是优雅，与时尚无关，更不是减压的借口。真正的男人喜欢温文尔雅的淑女，而不是烟瘾很大的黄脸婆；千古流传的文学作品所赞美的女主角，一定是她身上洋溢的女性柔情和婉约气质，而绝不会是所谓的淡淡烟草味。

原载 2016 年 12 月 26 日《劳动报·文华副刊》

穿越时空的歌声

好些穿越时空的故事不过是影视剧编导为上座率而无端虚构的狗血剧情罢了,真正可以穿越的却是那些镌刻着时代印记的百唱不厌的歌声。2016年11月25日,古巴传奇领袖菲德尔·卡斯特罗逝世,消息传来,我们这一年龄层的人差不多都会情不自禁地穿越到20世纪60年代,并在心底哼唱起曾经风靡一时的歌曲《美丽的哈瓦那》,表达对卡斯特罗的怀念和致敬。

那天在地铁徐家汇站,有一老爷叔用手机大声播放着"美丽的哈瓦那,那里有我的家,明媚的阳光照新屋,门前开红花……"一遍又一遍。依偎在身旁的小孙女听得津津有味。老爷叔问,好听哦?小女孩答,好听。老爷叔再问,欢喜哦?小女孩答,欢喜。老爷叔又问,幼儿园老师教点啥歌?天真烂漫的小女孩边跳边唱起来:"妹妹你坐船头哦,哥哥我岸上走,恩恩爱爱纤绳荡悠悠……"边上候车的乘客捧腹大笑。而我心里"嗒嗒动",真的很"蓝瘦",也"香菇":这歌不适合少年儿童唱啊!

有很长一段时间,很多好听的歌曲被作为反动歌曲、靡靡之音打入冷宫了。以至于我们小的时候还以为唱歌就是张开嘴巴哇啦哇啦叫的,似乎全世界都只剩下男高音、女高音了。

及至20世纪70年代末，邓丽君的歌偷偷传入大陆，人们对歌曲的印象才被彻底颠覆。记得有位当宣传干事的朋友阿杜，有一天叫来我们几个"赤膊兄弟"到他们单位广播室去"白相"。当兄弟们到齐后，阿杜关上门窗，拉上窗帘，神秘兮兮地说："今朝给大家开开'洋荤'，听几段靡靡之音！"并啰里啰嗦"敲木鱼"："听过算数，到外面勿要'放野火'。"说罢，从柜子里翻出一盘脸蛋一样大小的磁带，打开老式的电子管录音机开始播放，刹那间，犹如潺潺溪水般清洌洌的歌声弥漫在广播室小小的空间里："弯弯的小河，青青的山岗，依偎着小村庄；蓝蓝的天空，阵阵的花香，怎不叫人为你向往……"

阿杜说，唱歌的是海峡对岸的邓丽君小姐。一帮"赤膊兄弟"目瞪口呆，从来勿晓得，原来世界上还有那么柔情缠绵的歌。绰号"小毛头"的小兄弟讲："听得来骨头啊酥脱了！"

没多久，邓丽君的歌就放开了。放开的还有收录机，电子管淘汰了，三洋、索尼、松下等便捷式两喇叭、四喇叭蜂拥而入。国内很多无线电企业也开始研发国产收录机，印象最深的是，苏北盐城一家名不见经传的小企业居然成了国产收录机的先锋，并以一曲"燕舞，燕舞，一曲歌来一片情"的广告歌杀进开放的市场。收录机的大普及为流行音乐的盛行起到了推波助澜的作用。中国大陆拨乱反正，由此进入一个改革开放的新时代。

生活离不开音乐，时代需要音乐的点缀。如果穿越到改革开放初期，那时的音乐景象正应验了那句耳熟能详的唐诗："忽如一夜春风来，千树万树梨花开。"古典的，民族的；经典的，流行的；港台的，大陆的，应有尽有。说到大陆音乐，不得不提摇滚音乐的标志性人物崔健。他那些声嘶力竭的歌，真实反映了改革开放初期年轻人面对滚滚而来的时代潮流不知所措的迷茫心态。而同样是摇滚，同样声嘶力竭，稍后走红歌坛的汪峰则要励志得多，他的一些歌洋溢着青春飞扬的气息："曾经多少次跌倒在路上，曾经多少次折断过翅膀，如今我已不再感到彷徨，我想超越这平凡的奢望，我想要怒放的生命，就像飞翔在辽阔天空……"

还有那些革命歌曲，并不全都是"板板六十四"的，其实也有可以唱得很优美、很抒情的，比如电影《上甘岭》插曲《我的祖国》，唱了六十多年，唱哭了多少中华儿女。"一条大河波浪宽，风吹稻花香两岸……"那旋律才是真正的余音绕梁呢！还有《绣红旗》《红梅赞》《珊瑚颂》等等。

跨入千禧，老百姓在享受美好生活的同时，对歌的内容和形式有了新的期盼。那些在平淡中传递感动的歌，点亮了人们的情感生活。世纪之交唱红大江南北的"常回家看看，回家看看，哪怕给妈妈刷刷筷子洗洗碗，老人不图儿女为家做多大贡献，一辈子不容易就图个团团圆圆……"用几乎白描似的语言唱出了老百姓朴实却又真挚的亲情，原来接地气才是艺术的生命，才真正可以穿越时空而历久弥新！可惜好久没听到这样的歌了。

原载 2017 年 1 月 23 日《劳动报·文华副刊》

珍　惜

　　珍惜不珍惜，其实是很考验一个人的智力、智商和智慧的。

　　最佩服马伊琍了。文章那小子出了那么大乱子，网上舆论铺天盖地，媒体报道连篇累牍，假如碰上其他女人，要么崩溃了，要么闹翻了。可马伊琍不，等你们纷纷扰扰得差不多了，她深夜在微博上轻轻点上一句："恋爱虽易，婚姻不易，且行且珍惜。"很巧妙很哲理地用"珍惜"两字表明了态度。等到风平浪静时，才不张不扬地把婚离了。哪像那个草根明星、"烂糊三鲜汤"太太以及"野胡弹"经纪人，三角关系闹得天翻地覆，把那一年全国人民喜看里约奥运的心情都搅乱了！你们不珍惜自己的婚姻也就算了，可你们不珍惜全国人民喜看奥运的心情，理当招来舆论的谴责和痛骂！

　　珍惜，最能体现在感情生活中。父母要珍惜陪伴孩子成长的点滴时光，为孩子的人生之路指引方向；孩子要珍惜父母的每一次付出，要懂得"滴水之恩涌泉相报"的道理，孝顺父母。恋人，或者夫妻，两个没有血缘关系的人能够走到一起，那是缘分，更要珍惜。不要以为在感情生活中，靠 Money 即可征服和主宰一切。曾经在媒体上读到过一篇报道，说是有个在沪经商的台湾老板，找了一个美若天仙的上海妹妹。妹妹搬进位于古北新区的公寓后，台湾老板把她当金丝鸟一样养了起来，不用上班，给她一张信用卡，每月打进卡里一万元，供零用。看上去无忧无虑，但谁知道，那张卡的消费短信全都通知到婆婆的手机上。婆婆经常旁敲侧击："化妆品用什么雅诗兰黛，太费钱了，我不用什么化妆品的，你看看，我的皮肤也好好耶！"气得那上海妹妹"阿潽阿潽"，一年勿到提出分手。台湾老板看勿懂，说："你也太不珍惜了！"妹妹回答："侬珍惜的只是美貌，而不是情感。"小姐妹不理解，不上班，养起来，零用铜钿有一万，真是身在福中不知福！妹妹说："一万元看上去不少，但用消费信息牵牢侬，好像牵了一根绳子，'狗皮倒灶'了一塌糊涂！"

所以，珍惜不珍惜，不在于钱多钱少，而在于你在对方的心里占没占得一个位置。一个再有钞票的男人，伊勿舍得为侬花钞票，等于呒没钞票。我认识一个女生，早些年嫁给了一个大家都不看好的男生。那男生家境很一般，他自己也没有显赫的大学背景，颁给他文凭的那所大学连211名头也呒没。但女生很知足、很幸福，现在七年之痒早就过去了，她还是感到很幸福。问她为啥？她回答：虽然他没有很多钱供我花，但每一次我去逛街，他总是喜滋滋地陪着我，从来没有一句怨言，这一点有几个结了婚的男人能做到？当然恋爱的男人除外，因为恋爱中的男人不要说逛街了，即使叫他上天揽月都愿意！还有，我喜欢睡个懒觉，等我醒来，他已经把豆浆油条买了来，放在餐桌上了，天天如此。就像汤唯在《北京遇上西雅图》里说过的那句经典台词:"他也许不会带我去坐游艇吃法餐,但是他可以每天早晨都为我跑好几条街,去买我最爱吃的豆浆油条。"

幸福其实就是那么简单!真正的幸福不是银行卡里面的数字,而是找到一个知冷知热疼你爱你的男人。而有些小夫妻,早上都不愿起早,争分夺秒穿衣洗漱,饿了肚皮急吼吼去上班;晚上为了谁洗碗,天天"石头剪刀布",上海话叫作"猜东里猜",互相不买账,感情不珍惜。

还有些人拥有时不懂得珍惜,失去了才后悔莫及。我的一个老同学,太太总是在他应酬时打来电话,他觉得很"坍招势",于是当着一桌子朋友的面,在电话里冲头冲脑训太太。喝完酒,还故意去K个歌、洗个脚、按个摩,不到深更半夜决不收兵。三番五次,太太也懒得管他。后来的酒桌上,别人都有太太或者女朋友来电话关心,诸如少喝点酒,实在要喝喝点红酒,红酒养生,酒后勿要开车找个代驾,等等,而他一晚上下来手机却特别安静,再也听不到太太的"啰里啰嗦",反而很不习惯,感到从未有过的失落和孤独,仿佛成了没人疼没人爱的"王老五"。于是他触景生情,那一天主动拨了家里的电话,告诉太太今晚会早点回家,把太太搞得稀里糊涂,以为又喝高了。

说到底,珍惜就是一种情感的表达和付出,珍惜是彼此的,你自己不珍惜,只想着别人珍惜,"捏鼻头做梦"啊!

原载 2017 年 2 月 27 日《劳动报·文华副刊》

路上风景

上海的路上除了鳞次栉比的高楼,能有什么风景?没有层峦叠翠,没有花香鸟语。可话不能那么说,其实呢,走在路上,看风土人情,不也是一道风景?

前些年,一位北京朋友,因为航班尚早,便坐在淮海中路一个咖啡馆的二楼临街吧台消磨时光,俯身望着窗下车水马龙的景象,突然有了惊喜的发现:路面瓶没交警,但每当路口红灯亮起,所有的机动车、非机动车都老老实实停在停车标志线前,没人当"冲头"敢越雷池半步。在他观察的蛮长一段辰光里,都是如此画面。于是,他激动地录下视频,回京后又洋洋洒洒写了"为什么上海做得到北京做不到"的文章发在网上,一时引爆舆论。

这就是上海的风景,很美。但作为阿拉上海人,我脑子"煞煞清",北京朋友看到的并非全部。上海不少路口的交通状况,仍旧是"一天世界"!开车打不完的手机,像煞有介事,似乎比马云、王健林还忙;路口欢喜"拖尾巴",好比阿依古丽辫子又多又长;脚踏车随心所欲抢占机动车道,好比在滚滚车流里跳探戈,看得路人心惊肉跳;电瓶车横冲直撞,开得飞快,我想不明白,开一辆破电瓶车,比开玛莎拉蒂还要拉风,至于吗?

路口,大家都在等红灯,"勒么桑头"就从人群里冲出一大妈,昂首挺胸闯红灯,咦,面孔有点熟,哦,想起来了,天天在街心花园跳广场舞的。大妈,跳广场舞是一道风景,可闯红灯只能说明你的"疯劲"!小朋友问:"妈妈,老妈妈怎么可以闯红灯?一点不讲文明,是不是吪没上过幼儿园啊?"其实,老妈妈小辰光也是上过幼儿园的,只不过老师教的却是"革命不是请客吃饭","勇做革命小闯将!"

朋友说,上海美女多,仪态万方,秀外慧中,也是路上特有的一道亮丽风景。爱美之心,人皆有之。比如上海老爷叔,早上走在路上,喉咙有点痒兮兮,哼的一声刚想随地吐口痰,前面袅袅婷婷走来一美女,勿用提醒,老爷叔自己已经勿好意思起来,一口痰马上憋了回去。这种效果,真是立竿见影。一个平常再"野豁豁"的男人,美女面前总归要识相一点。如果美女面前无动于衷,这种人上海人称作"野胡弹",脑子肯定进过水,而且进的是"哒哒滚"的"老虎灶"开水。所以呢,有关部门是否可以考虑,招募一批美女志愿者,不用穿马甲,不用挥小旗,只要马路上"荡来荡去",红灯时带头停留在标志线前,随地吐痰、乱穿马路的情况说不定会大大改善哦!

当然,真正的美女也许招募不了多少。为啥?有些所谓美女,实质上绣花枕头一包草,看外表,卖相蛮"登样";肚皮里，修养远远勿到家。那天在国泰电影院门口，见一打扮时髦、风姿绰约的女士轻快地走过，一个环卫工人推着装满垃圾的手推车迎面而来，交会时不小心碰擦到那女士飘逸的裙摆，留下一小块污迹。

没等环卫工开口道歉，那女人已经破口大骂："侬眼乌珠瞎脱啦，走路勿看啊，屈西！"环卫工涨红着脸连连道歉："对不起，大姐！""对勿起有啥屁用，我格条裙子意大利买来额，六百五十欧，啥叫欧侬懂哦？"围观的人再三劝也劝不住，那女人还是骂骂咧咧。直到一帅哥出面打圆场，才总算说服了那女人。等那女人走远，帅哥说："这裙子我在七浦路看到过，一样的款式，五十元一条。"围观的人哄堂大笑。

风土人情，主要是人。走在路上观察熙熙攘攘的各色人等，也是蛮有意思的。比如，总有人认为，匆匆上班族中手捧星巴克的一定是白领，啃着煎饼果子的肯定是蓝领。我看未必。上海房价"起蓬头"，小白领有几个不是房奴？每月背着银行的贷款，小白领吃煎饼也是人之常情。

当然，路上毕竟还是美丽风景多。台风季节，四川北路上一位耄耋老人颤颤巍巍过马路，走到路中央，突然一阵风吹过，滂沱大雨从天而降。老人走不快，孤立无助，十分狼狈。正在路口执勤的民警飞奔而来，搀扶着老人慢慢走向对面。就在此时，附近一所中学正放学，只见一个穿着校服的女学生举着红红的雨伞迎上去，为老人和警察遮雨，全然不顾自己大半个身子被大雨淋得"淌淌滴"。

看到这一幕，心里真的很温暖。以致好多天过去后，那顶雨中小红伞还老是在我脑海里浮现。要说路上风景，这才是最美最艳的！

　　原载 2017 年 4 月 24 日《劳动报·品位周刊》

门啊门

老底子，上海很多普通人家的屋里只有一扇门，关起门来，吃喝拉撒全在里面。假如临时出门办点事，门都懒得关，家徒四壁，没什么可担心的。当然，那老底子小偷也少。现在住房条件大大改善，门多得数不过来。除了房门，几间卧室几扇门，还有书房门、阳台门、厨房门、卫生间门、衣帽间门、储藏室门，七七八八加起来，十来扇门。最后还有一道防盗门，而且防盗门越做越"结棍"。

每天上下班辰光，楼道里只听到家家户户开关防盗门时发出的哐啷啷声音，此起彼伏。这种铁门撞击声以前只在电影里拍摄到革命者被敌人投进牢房时才听得到。"春江水暖鸭先知"，社会风气好不好，就看装不装防盗门了。

不要小看一道门，门里门外隔开的也许就是一个世界。"朱门酒肉臭，路有冻死骨"，在杜甫的诗里，"朱门"就是那个贫富悬殊的病态社会的象征。而在老北京，等级森严的各阶层只需从其寓居的四合院不同的门扉形状即可了如指掌，从王府大门、广亮大门、金柱大门到蛮子门、如意门，再到墙垣式门、垂花门，等级分得清清爽爽。旧上海，富贵与否可从寓所甄别，墅、楼、邨、坊、里、弄，前三者都是有钱有权阶层的府上；坊，属于中产阶层的寓所，也是有点"立升"的；里，即典型的石库门，工薪阶层的窝；弄，就是棚户简屋，为旧上海穷苦大众的栖身之地，如药水弄。

档次高低主要还看有没有看门人，墅、楼、邨才有看门人，高档的雇"红头阿三"看门；次点的是上海本地人；再次点的是勿会讲上海闲话的外乡人。

门的象征意义在生活中俯拾皆是。老底子，平头百姓是无法踏进高级宾馆大门的，往往只能远远地仰视。有一年，几个绍兴农民来上海"白相"，跑到国际饭店一看，哇，嘎高，一共几层啊？于是一起扬起脖子数楼层，一二三……结果头上戴的乌毡帽全部落到地上，随风飘舞。从此，这个桥段流传上海滩几十年，要是当初有互联网，这几个农民伯伯肯定成了"网红"。八十年代初，广州建成第一家五星级的白天鹅宾馆，开业后宣布向所有人开放，呒没任何禁忌。结果，广州市民奔走相告，男女老少结队参观，宾馆大堂从早到夜闹猛得一塌糊涂。舆论担心影响宾馆氛围，但宾馆方面则认为，敞开大门，正是改革开放的象征！

生活中还有一些无形的门，禁锢着人们的思想观念。比如谈个恋爱，结个婚，首要条件就是门当户对，上只角的女人绝对不可能嫁给下只角的男人。我的朋友阿宝出身闸北区工人家庭，自学成才，才华横溢，被单位里的小姑娘相中，偷偷恋爱。但小姑娘出身静安区华山路"有铜钿"人家，未来丈母娘晓得后，看勿起"毛脚"，坚决不同意两人交往，理由只有一条：

"上只角下只角,门勿当户勿对,迭种'浮尸'想跟阿拉图图谈朋友,门都没有!"这个"门"字吐出来时真是咬牙切齿,阿宝的初恋被活生生"拗断"。

三十年后,阿宝早已大学毕业留校,成了教授、博导,是经济学界响当当的权威。而那个小姑娘,当然现在是老姑娘了,至今未嫁。那天在朋友聚会上,讲起往事,阿宝教授感慨万千,听的人也是唏嘘不已。我开玩笑说:"市政府作出静安闸北合并的决策晚了三十年,要是早作决定的话,就吭没现在阿宝太太啥事体了!"一桌人回过神来,笑得前仰后合。

大千世界,无奇不有;由门延伸,新闻不断。美国前总统尼克松1974年因水门事件被迫下台。水门事件是美国历史上最不光彩的政治丑闻之一,这之后一些影响甚广的负面事件均被新闻界冠以某某门事件,如艳照门、拉链门、闺蜜门等等。2010年深圳山木培训老板宋山木因强奸麾下女员工获刑,舆论哗然,这一由成功企业家、教育家引发的"强奸门"事件轰动整个社会。有一天,一个初来上海谋生的农民工坐在路边的台阶上,因工作一时没有着落,闲得无聊,便随手捡起地上的一张旧报纸,只见一条粗黑字体的标题很刺眼地印在娱乐版的头条,上面写着"宋山木强奸门",那农民工兄弟啪的一声合上报纸,愤然嚷道:"我就不明白城里人,什么不能强奸,却非要强奸一扇门,妈呀,这门怎么个强奸啊?"

真是门里门外,不一样的风景,不一样的风情!

原载 2017 年 5 月 22 日《劳动报·文华副刊》

遛狗百态

有一群特别勤快的人,天蒙蒙亮他们就出门了;晚饭后连最喜欢的电视连续剧也不看,又出门了;哪怕是刮风下雨,也照样撑了雨伞出门……他们是谁?他们是遛狗的人。

没有养过狗的人不知道,狗狗可以陪你玩耍、帮你解闷;它很会"看山势",当侬心情低落的辰光在侬面前撒撒娇,逗侬开心;又很乖巧,比如主人下班回家,就会叼着拖鞋迎上去,讨好地让侬换鞋子;聪明的狗狗还会表演各种小节目;许多人还看好狗的看家本领,万一遭遇不测,这家伙能勇敢地冲上去与歹徒拼命搏斗。而狗的最大优点是重情重义,看到过一则新闻,说是有个孤寡老人一天遛狗时被失控的水泥槽罐车撞死了,他的那条牧羊犬泪流满面地守在现场;老人尸体被运走好几天了,牧羊犬依然忠心耿耿,不吃不喝,终于有一天清晨发出一声凄厉的仰天长啸,倒毙在老人殒命的马路上……

养狗的好处"潮潮泛",比如健身。我的一个朋友是外贸企业的高管,几乎天天穿梭于酒桌之间。因为忙于应酬,从来不锻炼,年纪刚过不惑,大腹便便的趋势已经越来越明显了。去年体检,查出"三高",血压高、血糖高、脂肪高。太太叫他每天早晚去小区花园里散散步，根本叫不动。太太听从闺蜜的主意，领养了一条褐色贵宾犬花花。那小家伙初来乍到一点不陌生，每天早上我朋友临出门上班，它总是守在公文包边上，然后看着我朋友拎起包，咿咿呀呀叫着送我朋友到门口；每天晚上，我朋友一回家，这家伙会嘴叼着主人的裤管往沙发那边拖，随后趴在主人的怀里撒娇。片刻之后，花花开始深情地望着我朋友，又望向门口，我朋友便乖乖地起身领着它散步去了。现在，我朋友应酬明显减少，能推的都推，实在推不掉的，在酒桌上也是心神不定，老想着家里的花花。一年下来，再去体检，"三高"指标直线下降。

当然也不是所有人都适合养狗。记得有一年冬天的早上，上班路上见一老奶奶冷得瑟瑟发抖，却牵着一只小狗颤颤巍巍散步。迎面走来一邻居阿姨，嗔怪道："勿要命啦，嘎冷天，遛啥个狗！"老奶奶只有苦笑："狗是孙女养的，但伊焐了被头窠里厢睏懒觉，有啥办法！"

还有一种人，漠视公共道德，却对狗狗过分溺爱，捧在手里怕摔了，含在嘴里怕化了。那天看到一女士长得蛮"登样"，气质优雅，正在遛狗。突然狗狗就在人行道上拉起了屎，三下五除二，动作麻利，狗狗拉完便欢跑开来。那女士柔声唤回狗狗，囡囡囡囡叫着，并从包包里翻出几张餐巾纸，我以为她要去捡拾狗屎了，却见她蹲下来帮狗狗擦了几下屁屁，然后，就没了然后……

啊哟喂，狗狗屁屁是干净了，可那几坨狗屎还刺眼地留在人行道上。气得我就想照着狗狗的屁屁踢几下，可转念想想也不对，狗狗不懂事，责任在那女士，要么照着女士的屁屁踢几下？那也"勿来赛"……女士，既然你那么自私，连最起码的公德心都没有，还养啥个狗狗呢？

有辰光，遛狗确实可以测试一个人的品位、素质，甚至情感忠诚度的，如同一场人生模拟考。宝山的一个小区里，2号楼的爷叔与9号楼的阿姨本来并不相识，因为每天早晚遛狗总会相遇，又因为两家宠物狗是同一个品种萨摩耶犬，所以有了共同话题，"搭法搭法"就"搭"出事体来了，日久生情，擦出了火花。双方家庭晓得后，吵啊吵过，打啊打过，朋友劝说，居委调解，都敌不过遛狗遛出来的臭感情。到最后，两个家庭被活活拆散。小区里有"吃饱饭呒没事体做"的人把好好的唐诗改成了顺口溜："床前明月光，地上鞋两双，一对狗男女，遛狗遛上床。"

豢养一条狗，等于家里添了新成员，该不该养，能不能养，如何养，要做好人财物的准备。不要以为遛遛狗是轻而易举的事，其实是蛮"吃工夫"的。有的人强调工作忙，将父母丢在养老院，一年到头难得去探望三四次，去了也是屁股呒没坐热就"哇啦哇啦"要走了。而遛起狗来好有耐心，遛了一圈又一圈，一不怕苦二不怕累三不怕脏。这种人勿识相，应该取消养狗资格。

原载2017年6月26日《劳动报·文华副刊》

邻里万花筒

邻里之间的关系一言难尽,就像我们小时候玩的那个简易"白相果"万花筒,可以变幻出各种图案。

远亲不如近邻,好的邻居真的胜似亲人。以前住在典型的石库门老房子,灶披间是公用的,到了饭点,客堂间阿娘、亭子间阿姨、前楼阿嫂、后厢房娘舅、三层阁爷叔都挤在一起烧菜做饭。众目睽睽之下,呒啥隐私,哪家条件稍微好点,哪家条件稍微"推板"点;哪家阿姨心灵手巧,哪家爷叔厨艺"挺括",在这小小的灶披间里一目了然。

尽管当时物资供应"紧绷绷",袋袋里钞票"瘪塌塌",但邻里关系和睦,相处融洽。张家包了菜肉馄饨,必定请邻居们分享;李家烧了八宝辣酱,也会端给邻居尝鲜;一来二去,王家不好意思了,也就盘算着烧一锅赤豆粥分给大家。同事卢师傅告诉我,他结婚时的婚房在曹家渡老弄堂里,他和太太厨艺"搭僵",担心今后吃饭成问题。谁知道,因祸得福,邻居们晓得这对小夫妻不开"伙仓",送这送那反而更加勤快,还常常被楼上苏北爹爹拖去咪两口小老酒。

卢师傅讲,后来跟太太商量,老是吃邻居难为情,不如每个礼拜从单位食堂里多买点鲜肉馒头、香菇菜馒头带回来让邻居品尝。直到2003年老弄堂拆迁，邻居们各奔东西，才结束了这段难忘的石库门生活。卢师傅感慨万千："跟老邻居分开十几年了，但浓浓的邻居情还在，逢年过节轮流做东，邻居们聚一聚，喝喝酒，吹吹牛山。上次前楼阿嫂还讲，侬单位食堂里馒头真好吃，鲜肉分量足，青菜碧碧绿，阿拉儿子吃得来打耳光也不肯放！"

切身体会最深的是朋友阿滨。他和太太都是去安徽插队落户的上海知青，返城后好不容易找到一份工作，根本呒没辰光和精力照看年幼的"小把戏"。每天放学后，全靠邻居阿婆帮忙从幼儿园里领出来，然后帮小囡擦脸洗手，吃两块饼干或者一小碗糖粥，哄着小睡一会，等着阿滨或太太下班回家。这样的照看一直持续到"小把戏"小学毕业。

阿滨讲，邻居之间伸手帮一把，看上去很平凡，但解决了阿拉大问题，在我心里，邻居情有辰光比亲情更浓烈，真是八辈子修来的福气，额角头碰到天花板了！

也有触霉头，碰到恶邻居的。老同学阿三头原先住在四川北路弄堂里，后来楼上新搬来一对夫妻，女的走起路来噼里啪啦来得里响，天花板摇摇欲坠。阿三头娘每当听到楼上女人走路就吓得刮刮抖，有一次实在摒勿牢，就上楼好言劝导，希望走路轻一点。哪知那女人凶得来像只雌老虎，破口大骂："我走路关侬屁事！脚长在我身上，想哪能走就哪能走！"第二天，楼上男人偷偷塞两张电影票给阿三头："跟侬娘打个招呼，勿好意思，阿拉老婆是蛮凶呃。我也没办法，否则要'踎'汏衣裳搓板了！"后来，阿三头娘"虎"口脱险,"硬硬头皮"牺牲地段,搬到五角场去了。

如今,人们住房条件大为改善,不仅煤卫独用,而且两卫三卫也勿稀奇了。还有很多一梯两户的公寓,门一关,很独立,很隐私,根本不可能发生邻居"吵相骂"的情节。但蛮奇怪,很多老上海人却又怀念起老底子生活了。尤其是一些老人,搬到小辈住的公寓楼里,不出两个礼拜就吵着要搬回老房子去住。朋友阿敏几年前把老房子置换成三室二厅公寓房,老妈也接来一起住。可阿敏夫妻白天上班,老妈却几乎天天坐免费公交车,从起点站坐到终点站来来回回兜风。问她为啥?老太太说:"屋里厢太闷,楼道里一整天看不到一个人影,再这样下去,我要变精神病了。反正有老年卡,免费乘公交,一路看看风景,跟四周乘客嘎嘎讪胡,蛮好!"现在老年卡免费乘车取消了,老太太又改乘大卖场的免费班车了。

由于文化不同,生活习俗也会有差异。石库门文化形成了邻里关系水乳交融的优势,一下子要改成"老死不相往来"的生活方式,当然会很不习惯,且会带来很多后遗症。有些小偷吃准现在的邻里关系状况,居然敢大白天叫来锁匠直接撬门,隔壁邻居看到还以为对方"钥匙落了屋里厢了",不会去多管闲事。

所以,我们虽然改善了住房条件,但对如何建立新型的邻里关系却没有一点准备,明显"稀里糊涂",这是值得全社会好好反思的。

原载 2017 年 7 月 24 日《劳动报·文华副刊》

家有保姆

随着人们生活水平的提高,越来越多的家庭用上了保姆。当然,保姆的用工形式五花八门,有住家保姆,有朝九晚五上下班保姆,有钟点工,有月嫂。当然,也有"非佣",不过那勿是菲律宾保姆,更勿是非洲保姆,而是勿用保姆,样样家务自己来,哈哈。

最"结棍"是月嫂,收入超过白领,腔调勿输教授。侬问伊帮小毛头汰浴哪能做到既科学又适意,伊总是故弄玄虚"卖关子"。比如左手要弯成多少角度,轻托小毛头颈部、背部和臀部,右手轻提多少支的纯棉毛巾,水温始终保持多少度,最好用矿泉水……听得侬七荤八素。其实侬冷静想想,侬小辰光有这样考究吗?不也养得很好?月嫂之所以讲得复杂一些,就是让侬敬佩她,依赖她。就像有些教授,总喜欢把简单的道理说到云里雾里,以显示学问的深奥。

同事刘大姐的儿媳坐月子,请来月嫂照料。本来想请乡下的远房亲眷帮忙,但儿媳不愿意,非要请上海有证书的月嫂,叫作科学育儿。儿媳奶水不足,月嫂就叫刘大姐每天去菜场买两条八两重的河鲫鱼,言明分量上下误差10克之内,且必须是野生的。刘大姐每天为买到符合规格的河鲫鱼伤透脑筋,于是在微信群里发牢骚:"当初我坐月子催奶,物资紧缺,哪有什么河鲫鱼,影子也朆没,只有'腻心巴拉'的'橡皮鱼',阿拉老妈只好每天烧粥时放一把花生,效果不也刮刮叫!"

说起保姆,很多人一肚皮气。朋友阿黎六年里换了八个保姆了,比中超换主帅还勤快。问她为啥像走马灯一样换保姆,是不是侬自己太"疙瘩"?阿黎叹苦经:现在要寻个称心满意的保姆比"轧朋友"还难。有个山东保姆,叫她拖地板,老是说:"阿姨,这地板不用拖的,比俺老家饭桌子还干净咧!"还有个安徽保姆,手指甲涂得五彩斑斓,家务还没干完就"急促乌拉"躲进房间看电视剧去了,《醉玲珑》《我的前半生》一集也勿"脱班"。还请过一个苏北保姆,家务活"乓乓响",就是辰光一长,小家伙讲的普通话明显带有苏北口音,老是"乖乖隆地咚,韭菜炒大葱"。

还有老邻居阿美,性格大大咧咧,包啊钞票啊首饰啊总是随手一放。有几天偶然发现钱包里本来厚厚一叠钞票好像薄了一些,以为是老公有事拿走的。半夜里老公应完酬回家,说起这件事,老公矢口否认。难道是新来的保姆?阿美不敢想象:阿拉拿伊当小姐妹,出去旅游也勿忘帮伊带个小礼物,连屋里厢吃大闸蟹也有伊一份,如果真做出这种缺德事,也太朆没良心了!

老公出了个主意:钓鱼执法。皮夹子里钞票做好记号,然后故意忘在梳妆台上。第二天,阿美下班回家,急吼拉吼扑向梳妆台,拿起皮夹子,"见证奇迹的时刻"到了,西洋镜真的"穿帮",皮夹子里果然少了三张"毛爷爷"。结局是,这个"手脚勿干净"的保姆卷铺盖走人。但故事还呒没结束，等保姆一走，阿美仔细再查看，发现衣柜里那件从米兰花了一千欧买回来的范思哲皮衣不见了，搁在梳妆台上的一对钻石耳环也下落不明了。

当然，好的保姆也不少，全靠"额角头"了。以前弄堂里有个绰号叫芋艿头的邻居，家里有个阿娘。后来才晓得，阿娘并不是芋艿头的亲奶奶，而是宁波乡下带上来的保姆，做了几十年，芋艿头和五个兄弟姐妹都是阿娘一手带大的，亲如一家。如今阿娘老了，芋艿头一家像自己亲奶奶一样孝顺她。这无疑是保姆与雇主和睦相处的典范。

不过，也有很多人对保姆与雇主关系太亲近颇有微词，怕"羊肉没吃到，惹一身羊骚臭"。比如朋友保罗，母亲因病早逝，父亲是有点声望的大学教授。前些年保罗去了澳洲，便为老爸找了个四川小保姆。小保姆七花八花，花得老教授"团团转"，瞒着儿子保罗与小保姆领了结婚证。去年老教授去世，保罗回沪奔丧。大殓之后，小保姆拿出老教授遗嘱，却原来身后财产一大半留给了小保姆。气得保罗同小保姆官司打到现在。我对保罗讲：怪就怪侬自己"勿识相"，这几年侬"远开八只脚"，照顾你老爸了没有？有事没事打过电话"亲切慰问"你老爸了没有？虽然侬财产损失了一大块，但至少小保姆代替你全心全意地伺候，给你老爸带去了一个幸福的晚年，只要你老爸感到幸福，比啥都强！保罗吃瘪，哈哈。

原载 2017 年 8 月 21 日《劳动报·文华副刊》

细　节

小辰光听语文老师讲课，讲到啥叫细节，她便问《地道战》看过吗？全班同学，尤其是一帮男同学最"扎劲"，大声呼应：看过了看过了！于是语文老师开始绘声绘色地讲课：村里的民兵们盼着八路军武工队来，盼啊盼，终于盼来了武工队。那天武工队一进村，民兵队长高传宝便领着他们去了村公所休息，招呼武工队喝水、吃馒头。可是一会儿工夫，高传宝便发现这些武工队不是自己人，是敌人假扮的。因为他们吃馒头是不吃皮的，剥下的馒头皮乱七八糟丢弃在桌上，一片狼藉。八路军哪有那样糟蹋粮食的？

一个细节出卖了假武工队。细节就是这样，看起来很小的事，不起眼，但却能起关键作用，甚至影响大局。

有人说，细节反映了人的性格，也决定了人的命运。老张和老李是单位里的同事，各有一个28岁的儿子。老张的儿子"轧朋友"时，每次夜深人静送女朋友回家，总会站在小区门口，默默地看着她消失在视线里，然后等到女朋友二楼的窗户亮起温暖的灯光、手机里传来女朋友的"六字微信"：安全、到家、晚安，他才会转身离开。这让女朋友感动得七荤八素，逢人便讲：我愿意嫁给这个男人，就是因为这一细节。事实证明，她的选择没错。结婚之后，那男人真的很会疼老婆。

而老李的儿子是典型的"闷格子"，开始恋爱时，女朋友跟爷娘都没在意，认为"老实头"好，将来结了婚勿会"出花头"。谁知这家伙第一次带着女朋友一家去饭点聚餐，走到饭店门口，他推开玻璃门，自管自往里走，勿晓得为走在后面的未来丈母娘、丈人阿爸挡一下门，结果丈母娘猝不及防，被弹回来的玻璃门狠狠地砸在脑门上。这还不算，点菜时，他只顾点自己喜欢的，根本没考虑过女朋友一家的感受。女朋友爷娘都是四川人，你不点几个麻辣的怎么好意思请丈母娘吃饭？毫无悬念的，老李的儿子败在了不注重细节。第二天女朋友"照会"他，直接拗断。四川丈母娘学着上海话说："这个'毛脚'太自私，勿懂得照顾人，女儿要是嫁巴伊，将来肯定苦头吃煞！"

当然，别人的细节未必就是你的菜，每个人还是应该根据自己的情况看看这个细节合不合适。我的朋友大海，是出了名的书蠹头，三十好几了才在老同学介绍下认得了一个下了岗的纺织女工。那纺织女工料理家务"三只指头捏田螺"，小家庭安排得适适意意。但书蠹头不懂浪漫，出去荡马路从来没和纺织女工拉过手。这几年可能韩剧看多了，也想着哪天给太太一个惊喜，于是今年情人节悄悄买了一束玫瑰，结果被太太"搁头搁脑"一顿臭骂："吃饱了是哦？一把年纪了有啥好鲜格格啦，有迭眼铜钿还勿如买点腌笃鲜拨我吃吃咪！"所以，情人节买花还是买菜，不能一概而论，是因人而异的。

讲勿讲细节，懂勿懂细节，跟文化底蕴有关，跟钞票多钞票少无关。南翔小笼包以皮薄、肉嫩、汁多、味鲜、形美著称，之所以成为享誉海内外的名点，是与几代经营者坚持小笼包制作工艺的文化传承分不开的。小笼包的制作细节讲究到"苛刻"的地步，据说，每只小笼包的面皮厚1.5毫米，重8克，包入肉馅后重16克，成品直径为2.5厘米。如果说，这些细节，在制作过程中花点心思还不难做到的话，那么，最后一道工序，即用手工把小笼包包起来时不多不少刚刚好18个褶，那是需要怎样的细心才能做到的细节啊！这就是细节的重要性。没有这些细节，就没有南翔的品牌，就没有小笼包146年的流传。

而小笼包吃起来也是有细节讲究的。那天在城隍庙，有个北方食客"急吼拉吼"，用筷子大大咧咧攥起刚出笼的小笼包，想来个大快朵颐，谁料这种粗暴的吃相一下子就拉破了小笼包薄薄的底，鲜美的汤汁滴滴答答流个精光，卖相呒没了，小笼包变成"面疙瘩"了。坐在旁桌的一个上海爷叔大惊失色："要西快了！侬迭种吃法'勿来赛'呃，喏，看我呃！"于是老爷叔一边演示，一边说着吃小笼包的顺口溜："轻轻提，慢慢移，先开窗，再喝汤，蘸点醋，一口光。"简简单单就把细节概括得惟妙惟肖。顺便说一句，如果这个顺口溜用带有苏北口音的上海话来讲，那就更有"米道"了。

原载 2017 年 9 月 14 日《新民晚报·夜光杯副刊》

眼　界

路过闹市街头的一个公交车站，明亮的灯箱广告上是几个当红的明星，而占据中间位置的却是两个遒劲的大字：眼界。眼界是什么？于是自问自答：眼界就是见识。见识的广与不广，决定了一个人的一生。所谓眼界决定格局，格局决定未来。突然想起王维的诗："眼界今无染，心空安可迷"，是啊，一个有眼界的人，怎么可能会被世俗蒙蔽而迷失方向呢？

今年初，央视的中国诗词大会轰动大江南北，尤其是上海十六岁高中生武亦姝以丰富的诗词知识和宠辱不惊的良好心态摘得桂冠，更是成为耀眼的"网红"。网上最经典的评论是：武亦姝满足了人们对古代才女的所有幻想。虽然有点夸张，但小姑娘满腹诗书总比那些疯狂的追星族有眼界得多。

有没有眼界，差别真勿是"一眼眼"。朋友大伟二十年前创业，周围一帮朋友吷没一个看好他。可人家一路打拼下来，风生水起。现在企业上市，身价数亿；IT产品，远销欧美。那天在酒桌上，我讲："阿拉跟大伟的差距就因为眼界'推板'了好几条横马路。大伟看好IT产品前景，与时俱进，不断创新，每年有拳头产品。阿拉眼界看勿到拳头，只看到鼻头，股市里赚点小菜铜钿已经神抖抖了'吓瓦宁'（沪语，意很厉害）啦！"

有人说，眼界与家庭背景有关。其实未必。我有两个老同学，妮妮的老爹出身名门望族，老底子住在"上只角"华山路的洋房里，进进出出雪佛兰接送，家里佣人好几个。照理眼界应该老高了，可事与愿违，妮妮老爹的眼界停留在吃喝嫖赌上，没过多久家道中落，只好搬到"下只角"的石库门去了。男同学阿德的阿爷出生在宁波乡下头，的的刮刮"十六铺上来"的。但阿德的阿爷从学生意开始就肯吃苦，肯动脑筋，几年之后便成了八仙桥一带"奉帮裁缝"头块牌子。以后自立门户，生意越做越大，国内明星、国外名人都会七转八弯找上门来请宁波老裁缝做几套西装或旗袍。宁波老裁缝的故事告诉阿拉："十六铺上来"又哪能，眼界照样国际化了。

有人说，眼界与教养有关。这个也不一定，要看依教的什么养。我老房子有两个邻居，301室是书香门第，302室是三代工人。按常理，301知书达礼更有教养，可奇怪的是，邻居们都不愿意跟301"搭界"。因为301的家教"千条万绪归根结蒂"就是一句话："不要与陌生人说话。"而302呢，热心公益，乐于助人，张家抽水马桶堵了，伸手疏通；李家老人病了，帮忙送医……因为302有个"三字经"祖训：器量大，心境宽，待人善，积美德。所以，从表面上看，301进进出出衣冠楚楚，光鲜亮丽，腔调老浓，好像很有眼界。实质上，跟302一比较，离真正的眼界"远开八只脚"了！

又有人说，眼界与读书有关。你说没关系吧，那不是事实；

你说有关系吧，那要看你读什么书和怎么样读书了。一个博览群书，一个热衷于地摊小报，这两个人的眼界肯定不会是一个层次。好比一个站在东方明珠太空舱，极目远眺，整个上海尽在眼底；一个站在过街楼窗前，看到的只是弄堂口的风景。至于怎样读书，想起去年的读书日，沪上一家媒体长篇报道过一个"的哥"如何如何爱读书，一年借阅图书三千册，成为名副其实的借书状元。面对媒体的津津乐道，我却心存疑虑：一年三千册，平均每天要看八本多，即使一目十行也"急促乌拉"，难道要一目百行、千行不成？啥叫囫囵吞枣？这就是！这样的读书究竟有啥意义？书是让侬品尝的，需要细嚼慢咽，从而消化吸收，而如此狼吞虎咽能尝出啥个"米道"？就好比，有人请你品尝大闸蟹，你却摆出吃大饼油条的"腔势"来，这哪里吃得出大闸蟹的境界来？

所以，读什么书、怎么读书，走什么路、看什么风景，决定了一个人的见识与眼界。如同网上那个"走红"的段子所说的那样，一个有眼界的人，瞥见晚霞中群鸟掠过，会情不自禁脱口而出："落霞与孤鹜齐飞，秋水共长天一色"；而一个没什么眼界的人，则往往会语无伦次，大呼小叫："乖乖我的妈，嘎西多，木佬佬格鸟啊，结棍！"

原载 2017 年 9 月 25 日《劳动报·文华副刊》

"你不像上海人"

有一种表扬很奇怪。比如外地人对上海人最"煞根"的表扬就是:"你不像上海人!"明明是上海人,却要被说成不像上海人,而且还是发自肺腑的由衷表扬,这是什么道理呢?

原来一些外地朋友对上海人一直有偏见,认为上海人太精明、爱虚荣、小家子气、喜欢占小便宜等等。有个流传很广的段子,说两个上海人吵架,互相用手指着对方:"啥宁怕啥宁啊,侬敢动手哦?勿敢动手就是赤佬模子!""好手勿碰烂肉,啥宁要碰侬啦,侬敢碰我哦啦!"吵骂了半天就是不动手。要是两个东北人吵架,一言不合早就抡起拳头打起来了,两个回合,皮开肉绽,头破血流。我就不明白,敢打架算什么优点呢!

一些讽刺上海人的小品,也因此多次被搬上小品舞台,传播甚广。三十多年过去了,上海人至今耿耿于怀《渴望》里那个猥猥琐琐的男人为什么要叫王沪生?前阵子热播的《我的前半生》也是,非要把子君她妈刻画成不肯吃亏、到处揩油、市侩气十足、"作头势"少有的上海老阿姨形象。

正因为有这些文艺作品的推波助澜,这种对上海人的偏见已经变得根深蒂固。那天和一帮部队的朋友聚会,何副师长指着我感慨地说:"你们上海人啊,真是太精了!二十多年前,我们连队吃饭还是以班为单位,围成一桌,上四菜一汤外加一盆米饭。上海兵贼哦,老是先盛半碗,闷头就吃,吃完再盛满满一碗继续吃,这样就多吃了半碗。而农村兵老实,盛了一碗吃,但等到吃完再想盛饭,咦,饭盆早已见底了!"我说:"何师长以偏概全了吧?您不能把个别人的德行全按在所有上海兵的身上,这不公平啊!"

就是在这种偏见之下,才有了"你不像上海人"的说法。侬只要粗犷一点、大大咧咧一些,就可以获赠这一"荣誉"。朋友超哥是土生土长的上海人,在一家民企当市场经理,负责与客户打交道、拿单子、签合同。前几年流行市场经济等于"朋友经济",这是公开的秘密。而朋友之间,酒逢知己千杯少,能喝多少是多少。生意场上哪里有不喝两杯就轻易拿了单子的?想当初,超哥刚入职场不懂规矩,第一次进入东北市场,在哈尔滨设宴招待客户,邀请来对方的王总。开席不久,王总主动向超哥敬酒,超哥居然"戆噱噱"地说自己不会喝酒。王总当场翻脸,"啪"一声,把酒泼翻在酒桌上,大声斥责道:"酒是你请的,自己又不喝!既然不喝酒,出来混什么江湖!"说完,王总拂袖而去。吓得超哥彻底"戆脱"!

有人指点超哥:不会喝没关系,但你一定要喝醉到趴下,表明你的诚意。第二天,超哥通过朋友公关,再请王总。这次超哥主动敬了王总满满三杯,很快就趴在酒桌上呼呼大睡。酩酊大醉中超哥隐隐约约感到王总抚着他的肩膀说,这小子被我一骂长进了,有这态度,单子就给他了吧!

如今"酒精考验"的超哥，酒量大涨，名声在外，被各地朋友无数次地夸奖为"你不像上海人"！面对这样的"荣誉"，超太太却整天提心吊胆。不过现在情况"逆袭"，超太太说："八项规定之后，这种场面几乎没有了，而生意照样顺风顺水。"

关于"你不像上海人"的故事刻骨铭心的还有一个：同事陈大姐当年嫁给从河北引进的陆教授，照理也算书香门第，可如今儿子却执意要去当集卡司机。陆教授找儿子谈了几次都不欢而散，于是搬来老乡们做说客。谁知，陈大姐半路杀出，说坚决支持儿子按自己的兴趣选择职业，只要他自己有兴趣，今后哪怕遇到再大的困难他也会无怨无悔，并想尽一切办法去克服。事实上，家长是无法取代子女选择未来的。陈大姐反过来又诘问陆教授：当初你爹会替你选择当教授吗？做梦都不会吧？你爹妈都是面朝黄土背朝天的农民，怎么可能为你的前程做出这么高大上的选择呢？陈大姐的一番话，说得陆教授的老乡们一时语塞，稍后纷纷为陈大姐的想法点赞，而说得最多的就是"你不像上海人"！

事后陈大姐告诉我，儿子就是因为小辰光"白相"了太多的集卡车玩具，看多了美国大片里集卡司机边听乡村音乐边驰骋在高速公路上的情景，所以喜欢上了集卡司机。我对大姐讲，什么"你不像上海人"，侬就是上海人，上海还有很多像你这样开明、开朗的"上海人"呢！

原载 2017 年 11 月 6 日《劳动报·文华副刊》

最美的风景是心情

世界那么大，我想去看看。这是几年前河南省实验中学的一位女教师写的辞职理由，因独具一格而轰动一时。网友评论说："这是史上最具情怀的辞职信。"确实，我们在乎的并非辞职信本身，而是她与众不同的看世界的心情。

世界那么大，风景那么美，很多人跟着浩浩荡荡的旅游大军走遍大江南北、五洲四海。可是，纵有再好的风景，如果没有好的心情，也是"远看美如画，近看豆腐渣"。而心情，是由各方面的要素构成的，有外界的，也有内心的，就看你自己如何选择了。

去年，我的朋友阿戴兴高采烈地告诉我，暑假里他要和太太一起去泰国芭堤雅旅游了，好不容易从网上抢到的名额，人均三千多块，好比"拾到一只皮夹子"。我说："又是飞机又是宾馆，又是吃喝又是白相，这种低价游，旅行社摆摆噱头，游客吃煞苦头。"阿戴不信，说："到辰光我就是勿进商店勿买东西，看伊拉哪能办！"

等到阿戴风尘仆仆从芭堤雅归来，哭丧着脸向我叹苦经："乘飞机红眼航班，坐大巴空调勿制冷，吃饭菜比大排档还要'推板'，逛商店比看风景还要辰光长。"我不解："侬勿是讲坚决勿进商店吗?"阿戴说:"导游一路启发我们,勿买东西没关系,但至少要进去兜一圈,要统计人数的,少一人就扣我导游一个人头费。你们摸着良心想想看,勿进商店,叫我喝西北风啊!"阿戴打定主意,进归进,但东西肯定勿买。

但一进商店就由勿得侬了,导购小姐采用人盯人战术,一个个依偎在游客身边,花言巧语,口若悬河,拼命介绍泰国红宝石。阿戴精心构筑的"马奇诺防线"很快就垮了下来,乖乖掏钱买下两枚红宝石戒指。回到上海,一枚孝敬丈母娘。丈母娘眉开眼笑,可拿给上海的珠宝专家一鉴定,假的!

阿戴哭笑不得,本来去泰国是看风景的,结果心情一塌糊涂。心情勿好,再美的风景留在心里的依然是一片阴影。

与阿戴不同,大江因为忙事业,很少云游四方。其实他出差的机会不少,坐飞机如乘"差头"一样频繁,朋友们叫他"空客",空中客人。但大江飞到目的地,忙完工作,便匆匆飞回上海,从来不会顺便游山玩水。不过大江每到一个新的地方出差,都会事先做好一门功课,那就是从网上收集当地旅游资料,下载风景照,然后抽空在飞机上、宾馆里静静地欣赏一番,假装自己在毛里求斯海岸、阿尔卑斯山巅、巴黎圣母院……

大江的理论是:走马观花游,印象模模糊糊,记忆的硬盘很难储存;囫囵吞枣游,满脑袋浆糊,一个礼拜要跑六国七地,风景跟风景"浑淘淘"。还不如抓紧年轻时光,做足功课,等将来空闲了,来个细嚼慢咽深度游。看风景,不在于你看得多看得少,而在于你看风景时的心情。心情好,镌刻在心底的都是好风景。

大江讲得有道理。这就像谈恋爱，一下子谈七个八个，眼睛都看花了，哪里还分得清对方的优点缺点。谈恋爱要专心，还要有好的心情，心情不好，看对方尽是缺点；心情好，可以影响对方，把对方的缺点改造成优点。

那天聚会时，说起风景与心情的话题，阿磊就讲了他们公司一个保洁阿姨的故事。阿姨姓章，老公病退，儿子残疾，但哪怕遭遇再大的磨难，她也从不愁眉苦脸，展露在公司员工面前的永远是勤快的身影、轻松的微笑和一份美好的心情。小姑娘失恋了，找章阿姨说一说，开朗了很多；小伙子买房了，问一问章阿姨，心里的底气增加了不少。她会叮嘱海伦："小姑娘胃不好，要注意保暖，饭菜凉了的话，阿姨帮侬微波炉转一转。"她会悄悄地跟杰克说："这么优秀的帅哥，阿姨帮侬介绍一个上海小姑娘，复旦毕业的。"汤姆在工作中出了点差错，公司要辞退他，章阿姨知道后找到大老板求情："汤姆很勤奋的，每天加班到很晚，去年帮公司挽回了三千多万的损失，您不能因为一次偶然的失误而否定他的全部。"

阿磊说，公司办公楼在黄浦江畔，风景那么美，但大家都认为，最美的风景是心情，章阿姨就是我们公司最美的风景。一些白领舍勿得跳槽，就是因为公司里有一个"知心大姐"章阿姨；一些白领有了更好的发展机会，临离开公司前，都会给章阿姨一个大大的拥抱，泪洒衣襟……

原载 2017 年 11 月 27 日《劳动报·文华副刊》

两情一票牵

生活中，每个人都有爱好，只是不尽相同。有的讲实惠，每天咪咪小老酒，心满意足；有的勤健身，每天跳跳广场舞，自娱自乐；有的喜读书，一杯咖啡一本书，阳光下静静地享受一下午，休闲又充实；有的爱收藏，有事没事逛逛古玩街，与同好的朋友切磋交流。说到收藏，也是五花八门，"立升"大的收藏玉器、名人字画；小老百姓同样可以收藏，收藏那些花费不多的千奇百怪的东西，比如铅笔、筷子、发夹、纽扣、酒瓶等等。

我的亲戚阿齐与众不同，他收藏的是火车票。那天社区搞文化艺术展，在收藏角里，他展出了满满五大筐火车票，很多是比麻将牌大一点的厚纸板印制的老式火车票。说实话，毕竟不是玲珑剔透的玉雕，也非力透纸背的名人字画，那些印制粗糙的车票毫不起眼，更谈不上有一丁点美感，但是五六百张车票放在一起还是蛮震撼的。阿齐介绍说，珍藏火车票也是对一个时代的记录，每一张车票的背后都有不一样的故事。比如最早的一些车票都是往返上海—哈尔滨—黑河的，这是因为阿齐响应伟大领袖号召，革命小将奔赴边疆，上山下乡改地换天。

五年以后，火车票成双成对了，那是因为阿齐与村里的姑娘小梅好上了，每年过年，阿齐总是带着小梅一起回上海。

当知青大批大批返城时，因为恋爱结婚，阿齐不符合政策回不了上海。有人出主意，叫阿齐离婚，但阿齐不为所动。1977年恢复高考，阿齐考上了吉林大学中文系，火车票变成了往返上海—长春—黑河。再之后，阿齐作为人才引进，总算回了上海。退休后，阿齐和小梅经常去国内外"白相"，寻幽探胜，饱览锦绣风光。阿齐珍藏车票上了瘾，跟小梅严格规定，只要是国内游，一律坐火车。随着动车、高铁时代的来临，阿齐发现，火车票越做越薄。小梅说，车票薄了，车厢净了，声音轻了，火车快得飞起来了！

其实，珍藏车票也是珍藏情感，一张张车票映照的就是心路历程。我认识一个叫小菊的朋友，在昆山的一家外资企业做到了中层，颇有成就感，她的男友阿翔在上海做保险。两人是在火车上结下的缘分。那天，阿翔坐火车去南京，从昆山站上来一个女孩坐在了他的边上，聊天中发现两人竟然毕业于同一所大学，只是不同系。后来，两人常常上海昆山两头跑，好在两地之间距离短、车次多、车票便宜。本来商量好在上海买了房明年结婚，谁知道今年春节前后上海房价"噼里啪啦"往上涨，外环线以外已经涨到三四万，涨得来屋里厢也勿认得了！重压之下，阿翔选择逃避，辞了工作，逃回老家去了。说是老家县城里十几万可以买很大一套房子了。小菊舍不得这段感情，毕竟七八年了，不是说放弃就能放弃的。于是小菊千里迢迢追到阿翔的老家,但还是说服不了他。

那天小菊来找我,"哭促乌拉"摊开一桌子火车票,记录的是这些年来两人来来往往上海昆山和双方老家的印迹。她说,杨老师,我和阿翔恋爱得好辛苦,三天两头奔波在铁道线上,是经过时间和铁轨考验的,现在为什么脆弱得如此不堪一击呢?

我说,小菊,如果你信任我,我可以亲自出马去说服阿翔,我有百分之九十九的把握。小菊破涕为笑:真的吗,杨老师,您不会骗我吧?

但有个条件,我说,我要借用一下你珍藏的车票。于是我坐高铁去了阿翔的老家。我跟阿翔说,我们换个思路,为啥不把家建在昆山?毕竟昆山房价比起上海要便宜很多,再讲,小菊在昆山工作,家离她近一点,也是你对她的照顾。昆山到上海的火车比公交还多,其实很方便的。你和小菊不容易,你要理解和体谅她的心情。说完,我把带来的火车票"唰"一声全部展现在桌子上……

惊得阿翔半天没有缓过神来,数分钟后才站起身,给了我一个结实的拥抱。事情就这样圆满解决了。阿翔再没有说一句话。是的,此时此刻,比起车票,任何语言都微不足道,显得苍白无力。如果小菊用心珍藏的那么多车票都打动不了阿翔,我一定会骂他,阿翔你还算男人吗?

第二天,阿翔就跟着我去昆山了。

原载 2018 年 1 月 1 日《新民晚报·夜光杯副刊》

漫漫寒夜

春夏秋冬，四季交替，往往在你不经意间就悄悄完成了。上海话叫作"木知木觉"。夏天下班的时候，明明太阳还是"辣曤曤"挂在天边，慢慢地，"勒么桑头"发现到了下班辰光，夜幕降临，抬眼一望，已是万家灯火。原来，冬天来了。

冬天的夜叫寒夜。姜育恒唱《再回首》，"留下你的祝福，寒夜温暖我……"寒夜是漫长的。阿拉小辰光，物资匮乏，吮没空调，也勿晓得啥叫空调，只晓得实在太冷的寒夜就把煤球炉搬进"屋里厢"，增加一点热气。一大家子围在一起吃晚饭，桌上常客是烂糊肉丝。用半棵黄芽菜，切成丝，再买两毛钱肉丝，放在砂锅里煮烂。这是上海普通人家当年冬天御寒的最美味的一道家常菜。吃的时候，打开砂锅盖，一股热气噗噗往上蹿。要是再咪上一盅温热的黄酒，那简直就是神仙的日子了。

吮没电视机的日子，吃饱晚饭早早躲进"被头窠"翻书看。脚后跟塞只"汤婆子"或者热水袋，一股暖流涌心头。家里人多，"汤婆子"不够用，找来医院里用剩的盐水瓶，灌满热水，橡皮塞头塞紧再翻转过来，严严实实，滴水不漏。由于长期侧躺着看书，造成了眼睛一深一浅的近视。再讲，当时很多中外名著都被禁了，于是连哄带骗从同学那里借来书看。《红与黑》《牛虻》《苦菜花》《林海雪原》，包括一些"小人书"《红旗谱》《山乡巨变》等伴我度过了无数个漫漫寒夜。高尔基说社会是他的"大学"，那么，我的"大学"就是寒夜里的"被头窠"。

后来有了电视机。最早是9英寸黑白的，凭票，240元，而那时工资普遍只有36元。所以，买台电视机就像现在买套房子，绝对兴师动众，一家门要从牙缝里省下一年小菜铜钿。有了电视机，寒夜似乎温暖了很多。可是，屏幕实在太小，看得辰光一长，"眼乌珠"也凸出来了。有一次看足球，中国队上半场0∶2落后，心想又没戏唱了。谁知下半场风云突变，中国队连进四球，其中一脚世界波，远程轰门。可惜电视太小，谁踢进的看勿清爽。之后听了解说才晓得是一个叫黄向东的球员。

电视小也就算了，用有机玻璃放大镜搁在前面，屏幕一下子就放大了。最怕的是，信号一塌糊涂，经常要手工操作天线，转来转去，转到头颈别筋。弄得勿好，荧屏上一歇歇出现水波纹了，又一歇歇满屏像雪花飘飘了，甚至索性"墨里彻黑"了，老百姓用三部当时热播的影视片来形容这些现象，叫《多瑙河之波》《今夜有暴风雪》《看不见的战线》，倒是蛮形象的。

还有一个当年流行的御寒方式：大冬天的晚上花一毛钱去公共浴室孵浑堂。这算是很奢侈的消费了。为啥叫"浑堂"？因为每个浴室都有一个很大的热水池子，一天下来，满池的水早就脏兮兮、浑淘淘了。但大家泡澡心切，谁还顾得了这些，争先恐后跳进去，马上血脉偾张、热血沸腾。再奢侈一把，花个几分钱，叫扬州师傅擦擦"老坑"敲敲背。碰到元旦、春节前，浑堂人满为患，"前胸贴后背"，好比今天高峰时的地铁，上海人叫"插蜡烛"。现在的人把小黄车、小红车等叫作共享经济，其实，浑堂才是最早的共享经济。张三李四阿狗阿猫，只要买了筹子，谁都可以跳进池子"共享"。哈哈，开个玩笑。

如今，冬天再不会感到寒夜漫长。各方面条件好了，下班回家，打开空调，热乎乎的。那道名菜烂糊肉丝惨遭淘汰，饭桌上可以天天变换花样，火锅、羊肉煲……御寒菜品应有尽有。西北风一刮，下酒菜变成大闸蟹也吪啥值得"卖样"的。如果懒得烧菜做饭，上上馆子也很平常。60英寸的液晶彩电挂在客厅的墙上，照理是很"弹眼落睛"的，但现在却吪没一点"高大上"的感觉，甚至几天都不会摸一摸遥控器。因为有一部智能手机啥都可以取代了。看电视，看电影，看小说，打游戏，微信交友，视频聊天，淘宝刷卡，微信支付，地图导航……侬能想到的，手机几乎都能办到。

更明显的是，随着社会经济和文化发展，人们的社交圈子越来越大，娱乐形式也越来越多，今天新朋友聚会，明天老同学 Party；今天上影院，明天去 K 歌；今天跳场舞，明天听堂课，每天的"排片表"排得"潽潽满"，生活充实而丰富。这样的寒夜，才真正有了"留下你的祝福，寒夜温暖我"的意境。

原载 2018 年 1 月 8 日《劳动报·品位周刊》

我们曾经的年味

一年到头,有好多好多节日,而每年春节则总是最能体现浓浓亲情的。别的不说,光火车站那急着回家过年的汹涌人潮就构成了一个特别的节日景象,并由此产生了一个新的名词"春运"。段子手也来"轧闹猛",说美国侦察卫星发现,每年开春,中国大陆总有几千万大军在铁路线上紧急调运,场面十分壮观,因而美国佬十分惊慌。派人一查,原来是老百姓回老家过年呢,这叫"宁嚇宁,嚇煞宁"。

过年,可以呒没新衣新袄,呒没大鱼大肉,但一定要全家开开心心过个团圆年的。老底子,有条件的话,全家老少齐出动,去照相馆拍张"全家福"留作纪念。也有的人家,屋里厢有照相机,就忙着"自拍"了。那年代,要是有一只海鸥DF1相机,绝对是大户人家,有"立升"哦。

弄堂里有户人家姓王,腔调蛮浓呃,绰号王克勒。王克勒屋里有比海鸥更高级的蔡司相机,逢年过节忙得不可开交,家家户户喊他帮忙拍照。王克勒是个热心人,有叫必到,只收胶卷、冲印成本费,其他一律免单。当然邻居们也不会忘情,东家抓把瓜子糖果给他,西家盛碗水笋烧肉谢他。邻居七七八八送来的东西,从小年夜吃到元宵节也吃勿光。过个年最能体现邻里亲情了。

过年的主角当然少不了汤圆。现在要吃汤圆勿要太便当噢！大卖场里速冻的各色馅料的汤圆，芝麻的、豆沙的、鲜肉的、荠菜的，琳琅满目，应有尽有。但是，比起阿拉小辰光手工 DIY 的汤圆，"米道"差了"好几条横马路"，勿好"搭脉"呃。速冻汤圆用的是现成的糯米粉，比起自制水磨粉，糯性差了勿是"一眼眼"。再讲手工"黑洋酥"因为添了一点猪油，那个香啊，真叫"打耳光勿肯放"。

不过，自制水磨粉，一定要有石磨。毕竟不是农村，弄堂里有石磨的人家"手指么头掰得过来"。于是每到过年，弄堂里闹猛了，家家户户排队轮流借用石磨。今朝前弄堂阿姨，明朝后弄堂阿嫂；上半天亭子间小苏州，下半天西厢房老宁波；吃过夜饭轮到小扁头的娘；实在排不过来，大块头爷叔只好下半夜挑灯夜战。

话说回来，自制汤圆"米道"再好，现在再也不会有谁愿意回到水磨粉的时代了，毕竟付出的体力蛮"结棍"的，吃现成多好！

大年初一，吃完汤圆，按惯例是拜年。小朋友最开心，看到人就拱手作揖，叫一声"阿婆，长命百岁！"棉袄袋袋里多了几颗糖；叫一声"舅公，恭喜发财！"手心里多了一把花生。一圈兜下来，就是丰收年了。随后蹦蹦跳跳跟着爸爸妈妈走亲访友去了。那时候，吭没地铁，公交车"轧头势少有"。手拎奶油蛋糕的最怕轧公交车了，好勿容易轧上车，下车时就麻烦了，根本轧勿出去。头子活络的把蛋糕交给靠窗口的乘客，等自己下了车，再由那个陌生乘客把蛋糕从窗口传下来。

这种辰光，有脚踏车人家就显出优势了。但脚踏车不是想买就买的，首先要有钞票，一辆永久相当于普通人家半年开伙仓铜钿。其次，有了钞票还要有专用票子。票子通过工会摸彩，僧多粥少，摸不摸得到，全靠额角头了。所以，有辆"册刮里新"永久或者凤凰，绝对有资格"鲜格格"的，赛过现在开敞篷保时捷。

老邻居阿宝年初一照例带着太太、小囡，骑上脚踏车去丈母娘家拜年。小囡坐在前面车架上，太太手拎奶油蛋糕坐在后座上。阿宝哼着小调骑着"永久"风风光光踏出弄堂。可能心情太激动，可能前头一夜天放过炮仗，马路上一片狼藉，总之，在离丈母娘家不远的那条小路上，一个踉跄，阿宝三口之家与"永久"一起倒了下来，奶油蛋糕压瘪脱了。到了丈母娘屋里厢，丈母娘还算通情达理，讲："虽然卖相'推板'点，但吃起来'米道'一样的。"后来阿宝逢人就讲"寻个好丈母娘比寻老婆还重要"。

突然发现，现在过年比老底子轻松了很多，愁钞票的少了，凭票的吭没了，也用不着自己动手了，只要上大卖场兜一圈，大包小包塞满，啥都有了。可是，吃的劲头反而吭没以前粗了，再好的美味佳肴好像也不如以前有"米道"了。一家人聚在一起，气氛也不如以往了。以前过年，一起喝喝酒，拉拉家常，看看电视里的春晚。如今，再精彩的春晚也吊不起胃口了，一大家子形式上聚在一起，可基本属于貌合神离，个个低着头刷手机，如果都这样，过年还有啥意思？

原载 2018 年 2 月 5 日《劳动报·品位周刊》

吃亏是福

我们的老祖宗留下来很多至理名言，其中有一句：吃亏是福。很多人不理解，吃亏了，倒霉了，怎么会是福呢？其实这个问题需要逆向思维，而不能只看到鼻子尖下的一点利益。

确实，吃亏是福，看似简简单单四个字，却富有深奥的道理，充满辩证法。有些事情，表面上似乎很吃亏，但实质上却未必。我的朋友马特与他的大学同学贝克当年同时进入一家外资企业工作，两年后公司有个去黎巴嫩开辟市场的机会。本来公司相中贝克，但贝克知道西亚那边战乱频仍，恐袭不断，工作生活环境"摧板"，网速一塌糊涂，于是强调种种理由推托，打死也勿当"冲头"。弄得公司很尴尬，转而找到马特商量。没想到马特不提任何条件，满口答应。公司上下都认为马特此去凶多吉少，又是贝克挑剩下来的"冷饭头"，明显吃亏了。

万万没想到，马特去了一年多点，拳打脚踢，把西亚市场搞得风生水起，帮公司创下不少营收和利润。三年后，马特调回上海本部，被董事会破格提升为中方副总，年薪一百多万，而贝克还在市场部当专员，坐在小格子间里，拿着十几万年薪养家糊口。同事们说，当初全公司几十号人没一个愿意去西亚，要是西亚加个图,变成西雅图,肯定打得头破血流抢着去了。所以很多吃亏其实是表面的,问题是有多少人能看破这一层呢?

即便真的吃亏那又怎样!没有人会一辈子永远吃亏,总有时来运转的时刻。全世界都知道,上帝关门的时候也开了一扇窗。有些人却不懂这些道理,就是不愿吃眼前亏,为了一些蝇头小利非要争个面红耳赤。生意场上也是,有些人一门心思一夜暴富,做起假冒伪劣的勾当来要么"野豁豁",要么"鬼(沪语读举)齪齪"。老弄堂里的阿七头,十几年前从化工厂下岗后,利用自家门面房开起了点心店,经营豆浆油条小笼包。阿七头为了压低成本多赚钞票,居然"贼头狗脑"用地沟油汆油条,用槽头肉做小笼包。看上去揩到了不少便宜,但没多少辰光,牌子做坍,生意一落千丈。回过头来,现在阿七头想想一点也"勿格算",再要重整旗鼓,成了十月里的桑叶——没人睬(采)侬。

而我一个同事的阿嫂,下岗后也是自食其力,凑点资金从弄堂口小小馄饨摊做起。由于坚持品质,传承老上海"柴爿馄饨"特色,早已名闻遐迩,并且脱胎换骨,从馄饨摊变成网红店了。连港澳台胞和金发碧眼的老外也会"轧"出旅游辰光,辗转找上门来吃上一碗。问起阿嫂成功的缘由,她说得特别朴实:"当初做馄饨生意时,虽然开始几年肯定是亏的,但我相信自己一定能够做出名堂,为啥?因为我用的是正宗馄饨皮,进的是品牌五花肉,勿用绞肉机,自己手工斩肉糜,一刀一刀斩出来的肉糜有弹性,口感'嗲'。再讲了,我坚持薄利多销,勿黑心,勿怕货比货,只怕勿识货。做生意眼光要远,只看到薄利，好像吃亏了；但要看到多销，勿是又勿吃亏了吗？做人也是一样，勿要一天到夜斤斤计较，人要大气，要有腔调。"

一个肯吃亏、会吃亏、敢吃亏的人，关键在于心态好，懂得退一步海阔天空的道理，信奉"吃亏是福"的古训。这样的人，待人宽容、豁达，因而朋友也多，一旦侬遇到啥困难，帮忙的朋友一呼百应。而一些怕吃亏的"小气鬼"，心胸狭窄，目光短浅，因而没人愿意跟迭种"老举三"交朋友。老单位里有个同事，香烟"老腻头"（沪语上瘾），除了吃饭睡觉，嘴巴上总是叼着根烟。但他的衣袋里从来不放一包烟，那个简陋的塑料打火机倒是永远备着的。他的策略是，只要看到同事摸香烟，便以迅雷不及掩耳盗铃之势凑上前去，瞎七八搭打招呼，同事见状哪好意思只顾自己抽烟，当然会递一支给他。辰光一长，名声在外，同事们给他起了个绰号，叫"伸手牌"。转眼几年过去，老同事们升职的升职，加薪的加薪，唯独他原地踏步。因为太自私，没人缘，吃勿开。

现在"伸手牌"后悔煞了，怕吃亏，结果吃亏最大的还是自己。于是像祥林嫂一样，喋喋不休，逢人就讲："吃亏是福千真万确，越是怕吃亏，亏就盯牢侬；越是肯吃亏，福气赶都赶勿走！"再也没人叫他"伸手牌"了，他把烟酒都戒了，如今是：面孔红彤彤，身体老"结棍"，心态放轻松，"腔势"交关浓。

原载 2018 年 2 月 26 日《新民晚报·夜光杯副刊》

车厢风情

中国老百姓的春节情结,浓得化也化不开。工作再忙,路途再远,过年了,总要想方设法回家过一个团圆年。于是,春节前后,一列列火车满载着急切回家过年或者过完年匆匆返程的旅客,日日夜夜奔驰在铁道线上。这一独特的景象,催生了一个新词,叫春运。

坐火车,先得买车票。这些天,办公室里的同事,老家在外地的,都低着头,忙着在电脑上、手机上刷屏抢票。抢到满意的车次,自然喜形于色。大李没抢到计划好的那班车次,但他并不懊恼。他说,现在高铁、动车各种车次多如牛毛,没抢到这一班,下一班也一样,差不了十几分钟的。

大李的话让我想起历历往事。我说,大李,你们网上购票,没有吃过风餐露宿的苦头,这个根本算不上抢,我们那时候才叫真正的抢票呢!

记得1980年吧,寒冬腊月的一天,我早早吃了晚饭,穿上厚棉袄,戴上雷锋那样的海虎绒帽子,全副武装准备连夜排队抢票。赶到北京东路的售票处一看,傻眼了,乖乖隆地咚,里三层外三层的队伍已经排到了江西中路转弯。半夜,漆黑的天空飘起了雪花,排队的人冷得刮刮抖。突然,前面的队伍发生了骚动,原来有一帮人来捣乱,乘机插队。后来有人叫来了联防队,用粉笔在每个人的衣袖上写上编号,秩序总算稳定下来。我的编号正好是238,用上海话读,就是"梁山伯",我还跟同去排队的朋友开玩笑说,就缺一个"祝英台"了。

有了车票,那年是回宁波老家过的年。那时没有动车,更没有高铁,我们坐的是绿皮车。车厢很简陋,呒没空调,但好像没人感到冷。因为人"轧"人,连走道上也"轧"满了人。尽管都很"撒度",但大家都很兴奋,不管有座没座的,不管认识不认识的,都在叽叽喳喳讲着感兴趣的话题。我的邻座是位上海爷叔,他说,他的票是从"打桩模子"手里买的,票价"翻了跟斗"。但花再多钞票也是值得的,因为中国人有传统,再艰难的日子,到了过年总要全家团圆,总要回到父母身边。"北风那个吹,雪花那个飘……"连杨白劳在外躲债,到了年三十还会想办法回家来,再穷也要给喜儿"扯上二尺红头绳"呢!

老爷叔的一番话既有理又有趣,所以那么多年过去了,我始终没有忘怀。回程的车上,看到很温馨的一幕。3号车厢的宁波阿嫂,随身的旅行袋里塞了满满一大袋宁波年糕,准备带到上海走亲戚去。因为车厢里实在太"轧",加上火车走走停停,仿佛喝高了的酒鬼。突然一个急刹,跌跌撞撞,车厢狠狠地抖动了一下,宁波阿嫂放在行李架上的旅行袋翻落下来,偏巧就砸在行李架下小苏州的头上。小苏州一阵晕眩,宁波阿嫂忙去安慰,赔一百个不是,并拿出五六根年糕塞给小苏州。小苏州不好意思，也去旅行袋里翻出两盒苏州豆腐干回赠宁波阿嫂。那年头，这些土特产都很吃香啊！

一场即将爆发的大战，因为宁波阿嫂情商高，一下子"化干戈为年糕"了。四周旅客看到这和谐一幕，都很欣慰。一个上海胖阿姨开玩笑：宁波人和苏州人和睦相处不容易的哦，宁波人看不起苏州男人，说起话来"糯笃笃"，娘娘腔了一塌糊涂；苏州人也讨厌宁波人讲话，硬邦邦，明明是好话，一开口，哇啦哇啦，像吵相骂。宁波阿嫂和小苏州异口同声：不要老眼光看人噢！

我的回忆引发了朋友们的共鸣。老姜说，他还叫小姜的时候，有一年赶在年三十坐火车回安徽老家过年。火车开出上海不久，坐在小姜边上陌生的大辫子女孩就迷迷糊糊打起了瞌睡，后来又随着火车"哐当哐当"的节奏，头慢慢地斜向小姜的左肩。小姜挺着身板不敢有一丝动弹，生怕惊醒了姑娘，也惊醒了自己的"美梦"。车过南京，姑娘蓦然醒了过来，见此情景，两颊泛起了红晕。就这样，两人在火车上结下的缘，沿着长长的铁轨伸展开去，最终走到了一起，从此在亲朋好友中留下了车厢情缘的佳话。

如今，动车、高铁风驰电掣，环境又如此舒适，车厢里该是另一番风情了。

原载 2018 年 2 月 8 日《上海铁道》报《高铁时代》专刊

上海爷叔

在上海,不是所有上了年纪的男人都可以被叫作"上海爷叔"的。因为,被称作"上海爷叔"必须具备三个条件:一是热心人,二是白相人,三是当家人。当然,这里的"人",发音"宁"。上海话把人念作"宁",好比山东人把人说成"营"。

先来说说"热心人"。性格内向的"闷格子"是成不了"上海爷叔"的,"上海爷叔"一定要古道热肠,慷慨解囊,见义勇为,广交朋友。记得老弄堂里有个大块头爷叔,住在弄堂"笃底",走到弄堂口,也就五六十米,却常常要走上一个多钟头。为啥?因为是"热心人"啊!看到王家阿婆拎着菜篮头颤颤巍巍从远处走来,大块头爷叔"豪烧"迎上去:"阿婆,买点啥呃好小菜?"边讲边把阿婆菜篮头接过来,挽着阿婆的手臂往回走,亲热得像一对母子。然后坐在阿婆灶披间门口,帮着阿婆剥蚕豆。剥到一半,前弄堂苏州阿嫂寻来了:"大块头爷叔,快快帮我去教训教训阿拉屋里厢男人!"原来,夫妻俩昨天半夜吵相骂了。此刻,大块头爷叔成了"老娘舅",三言两语就把苏州阿嫂的男人"训"得服服帖帖,保证再也勿"寻鹅势"了。

刚刚从苏州阿嫂屋里厢出来,又碰到阿六头来叹苦经。原来，旧弄堂拆迁，阿六头对分配方案不满意，到现在还没有跟动迁组签字。小小前厢房里，户口十几只，但真正常住的只有阿六头三口之家。大块头爷叔以身说法："现在动迁数砖头还是数人头，要根据实际情况。侬一间前厢房，换一套两室、一套一室蛮好了，我通客堂毛三十平方，也就换两套两室户。侬要么跟动迁组商量商量，自家贴一点，钞票勿够我借拨侬，一室调两室，还是做我邻居。早动迁早享福，到了新房子再也不用拎马桶了，勿要太好噢！"

再来讲讲"白相人"。称得上"上海爷叔"的人一定要见多识广，阅历丰富，别人才会买侬账，而阅历丰富的其中一个标志就是会"白相"。但"白相"是有底线的，可以"蓬嚓嚓"，勿好"花嚓嚓"。当然，"白相"还要讲分寸，不可能盲目攀比热衷于打高尔夫、吹萨克斯、开哈雷。这些高档次的白相人叫"老克勒"。"上海爷叔"跟"老克勒"勿一样，比较平民化，最多打打乒乓、拉拉二胡、蹬蹬"老坦克"。

单位里有个老同事，人称"三脚猫爷叔"，琴棋书画，吹拉弹唱，跳舞拍照，手机电脑，只要是"白相"，样样可以露两手，加上人又热情、海派，所以退休后很有人缘。只要他振臂一呼，下个月去澳洲旅游，噼里啪啦跟去一大帮，号召力勿是"一眼眼"。有人开玩笑，单位里听领导，退了休阿拉听爷叔。那年在莫斯科红场，驴友们兴之所至，由"三脚猫爷叔"领舞，跳起了爷叔版广场舞。看得围观的瓦西里、娜塔莎们一愣一愣的，一打听，这个旅游团来自上海，于是索性叫起"上海爷叔团"了。

再来讲讲"当家人"。东北小品老是把上海男人刻画成猥猥琐琐的"妻管严"形象，其实，真正的"上海爷叔"是很有主见的当家理财一把好手。买什么地段的房子、炒哪个板块的股票、添啥个牌子的电器，太太的意见当然要听，但最终拍板的肯定是"上海爷叔"。如果一个男人在屋里厢咛没一点主见，没有一点地位，全部听太太的，怎么可能在社会上独当一面，从而赢得周围人的尊敬？有辰光，从很小的一个细节就可以判断出这个人是不是"上海爷叔"。去年，曾经在微信上看到一个热播的视频，说是在上海地铁八号线上，一对老夫妻带着小孙女去医院看病。突然，小孙女要呕吐，情急之下，爷爷勿打一点"膈楞"，毫不犹豫脱下"册刮里新"夹克衫，去接住小孙女的呕吐物，虽然弄脏了自己的衣服，却维护了车厢的干净。这一视频上网后立刻引来网上一片赞叹，网友们纷纷称赞这个爷爷是"上海爷叔"的典范！如果这个爷叔不是"当家人"，平时要看太太脸色行事，他会本能地作出这种反应吗？要是做了，还不被太太骂得狗血喷头！

所以，"上海爷叔"也不是非要做出什么惊天地泣鬼神可歌可泣的大事来，只要生活阅历丰富、热心助人、有责任、敢担当，就可以成为一个真正的"上海爷叔"。

原载 2018 年 3 月 12 日《劳动报·文华副刊》

上海阿姨

跟"上海爷叔"一样，不是所有的阿姨都可以叫作"上海阿姨"。叫"上海阿姨"也是要有条件的，起码要做到"三会"：会调解，会持家，会打扮。

老底子，上海住房紧张，一幢楼里要塞进"七十二家房客"，往往一个亭子间里三代同堂，赛过现在的群租。底楼小小的灶披间四五家合用，每天烧饭辰光真是"轧扁头"。天天"螺蛳壳里做道场"，难免磕磕碰碰，引发吵相骂。这种情况下，有没有热心肠的阿姨出场调解矛盾，效果大不一样。

记得有一天，三层阁爷叔哇啦哇啦骂后厢房嫂嫂是"周刮皮"："夜里去灶披间，自家电灯勿开，经常偷开阿拉电灯。"后厢房嫂嫂当然勿买账，奋起反击，揭三层阁爷叔的老底"留级坯"。亭子间阿姨及时赶到："吵啥吵，'一眼眼'鸡毛蒜皮事体，难为情哦？电灯费能有几钿，省勿好了！男人器量大一点，女人也要大方点！"劝开后，亭子间阿姨拉亮自家电灯，从此灶披间总是亮堂堂的，直到整幢楼的人都熟睡后，亭子间阿姨再下楼去关了灶披间电灯。这就是"上海阿姨"的腔调。要是呒没本事拿邻里关系"烫"得"煞煞平"，啥地方有资格当"上海阿姨"！

虽然讲现在住房条件大大改善了，很多人"躲进小楼成一统，管他冬夏与春秋"。但小区里总还有七七八八的事体需要热心的阿姨出面调解。比如小区"贴隔壁"是一家简陋的家具厂，每天油漆"米道"、电锯噪声以及纷纷扬扬的木屑所造成的环境污染，严重影响居民生活。居民三天两头找有关方面反映，但家具厂老板就是"撒无赖"。那天，双方又大吵起来，厂里几个农民工甚至拿出木工用的刀斧、棍棒，准备"上腔"。危急关头，502阿姨挺身而出，大吼一声："作啥，想'打相打'是哦，有种朝我来！有啥闲话好好讲，碰勿碰就动手算啥个腔调！"阿姨的气势一下子征服了众人。事后，阿姨又积极奔走，推动有关部门加快落实了家具厂的动迁。小区里从此太平，家具厂上上下下也都很高兴，新厂房条件"乓乓响"，连农民工也跷起大拇指："这个'上海阿姨'是模子！"

当然，要想成为"上海阿姨"，不仅要善于调解各种矛盾，关键时刻冲得出，而且还要懂得持家之道。家庭模式各式各样，有"互不干扰型"，也有"混合经济型"。前者双方的工资奖金各管各，碰到添置大件时按比例出资；后者工资奖金放在一起，有一个当家人全权负责持家理财，即家庭"董事长"。而这个"董事长"往往以太太居多。男人嘛，以事业为主，只管埋头赚钞票，理财的事就放心地交给心思更细腻的太太了。

老邻居老孙，不是什么大款，就是一个普通的工薪阶层，每个月留下500元作为零用钿，其余的工资奖金悉数交给太太打理。太太小芹真是理财好手，2005年上证指数900点冲进股市，2007年6000点时毅然撤退，等她退出没几天，股市便一泻千里。小芹大赚一把，30万资金转眼变成了200多万。夫妻俩数着账户里多出来的一大串数字，常常"睏梦头里笑醒"。但小芹脑子"煞勒似清"，第二天跑到松江泗泾，买了一套两室两厅，一次性付清。小芹的打算是，等儿子结婚，市区房子装修一新作新房，夫妻俩去泗泾安度晚年。朋友聚会时，我们总是把这个故事当桥段，点赞小芹持家有道，而老孙也不忘给自己摆功劳："太太冲锋我探路，太太撤退我掩护。"大家一听哈哈大笑。

  小芹的持家功夫当然不光理财。老孙说，每天一早醒来，床头边总是放着叠得整整齐齐的衣裳，那是头天夜里临睡时小芹帮老公准备好的。虽然西裤、衬衫并不是啥名牌，但小芹熨烫得"册刮里新"一样。小芹的厨艺也挺括，色香味恰到好处，时不时学烧几只新派菜，每天老孙下班、儿子放学，两荤两素四菜一汤摆上台面，弹眼落睛。关键是，这些小菜一个礼拜不重样。小芹说：拿勿出几只像样的看家菜，哪能好称"上海阿姨"呢？

  当然，小芹自己也很会打扮。在屋里厢可能稍微随便一点，跑出去一定要略施粉黛，穿戴得体。在消费上，小芹从不大手大脚，但面子总要有的，"出客"的衣裳终归有几套，好看的包包勿好少。在公园里、地铁站……陌生人看到小芹的言行举止，也会情不自禁赞叹道：哟，这就是"上海阿姨"！

原载2018年4月9日《劳动报·文华副刊》

上海小姐

讲起"上海小姐",长期以来公众的印象好像就一个字:"作"。其实这样的认识有点肤浅了,至少是不全面的。只要把握好尺度,小姑娘稍微有点"作"没啥勿好。大多数上海小姑娘的"作"往往就是发发嗲而已。发嗲是撒娇的一种高级表现形式,也是女小囡的特性使然,是最吸引男性的气质之一。怪不得老多小伙子把会不会发嗲作为择偶的一个条件,因为不会发嗲的女孩不可爱,缺少"女人味",吭没办法"劈情操"。

那天淮海路上走来一对小情侣。女的讲,前面就是老大昌,那里的西点曾经是张爱玲的最爱,她在作品中描写过。男的讲,好呀,我们去尝尝"米道"。女的发嗲,不要嘛,人家要尝尝侬亲手做呃西点呀!男的讲,我在职校学的手艺勿好跟老大昌"搭脉"呃。女的讲,可人家就是欢喜侬做的西点"米道"呀!男的回答,OK,阿拉快点回去,我来露一手。女的哈哈一笑,勿好"喇叭腔"哦!于是,小情侣缠缠绵绵折回去了。

看上去普普通通的发嗲,却蕴含着女小囡对男友的激励心理学技巧。老多小伙子在女友发嗲式心理激励下,进取性大大增强。只会蛋炒饭的,敢烧酒席了;整天宅家的,出来遛狗了;

趴在电脑前打游戏的,晓得抓紧辰光"充电"了。但有的小姑娘"作"过头,反而吃苦头了。比如老弄堂里有个叫方方的小姑娘,结了婚还是改不了"作天作地"的脾气,一次寒冬腊月半夜里,瞓勿着,把老公叫醒,非要去霍山路夜排档吃大饼油条豆腐花。老公"瞓似懵懂",硬了头皮陪伊去,结果第二天高烧发到39 ℃。三番五次,"作头势"少有,到了分道扬镳时,方方再怎么"嗲",也已回天无力,"凹门痛"啊!

所以,"上海小姐"不是随便叫叫的,除了拿捏好"嗲"与"作"的火候,还要懂穿衣、善打扮。以前有种说法,吃在广州,穿在上海。可见上海人,特别是"上海小姐"会打扮确实出了名的。物资匮乏的年代,上海人家几乎家家备有缝纫机,"上海小姐"出嫁前都要学会自己动手裁剪缝纫衣裳。拿手绝活就是套裁,即把原来只够做两件衣服的"料作"套裁出三件来。还有"假领头",一下子解决了几亿老百姓既要面子又要节省布票钞票的两大难题。这个发明者绝对应该得诺贝尔奖的。

"上海小姐"还有一绝,影视剧里那些女明星的时尚衣裳,只要看一眼,马上可以依葫芦画瓢拷贝下来。记得《上海滩》播映后,随着"浪奔浪流"的歌声,冯程程式外套一夜之间风靡申城,"上海小姐"几乎人人一件,都是纯手工缝制。

现在经济条件好了,善于打扮的"上海小姐"又开始了新的纠结。打开衣帽柜,四季衣裳塞得"潽潽满",却拿不定主意,上班穿啥,约会穿啥,旅游穿啥,与闺蜜"兜马路"穿啥,捏捏放放,犹犹豫豫。这件看看漂亮,那件看看时尚,眼乌珠

"巴登巴登",挑花眼了。当然,企业效益差一些的,或者下了岗的,没条件去梅泰恒,就去七浦路挑挑拣拣,运道好的辰光,花不了多少钞票,也能淘到"弹眼落睛"的衣裳,穿出来照样山青水绿。否则,"烂糊三鲜汤"打扮,穿了睏衣"荡马路",是呒没资格称作"上海小姐"的。

"上海小姐"另外一个特点是,懂礼仪、会家务。传统的上海人家很注重家教,女小囡要知书达礼,不仅"坐有坐相,站有站相",而且还要会家务、人勤快,拿得起放得下,所谓"上得了厅堂,下得了厨房"。我的同事潘姐,教育女儿很有一套。女儿小力从小嘴巴甜、懂礼貌,买汰烧也学得像模像样。前年小力"轧"了男朋友,开始,未来婆婆并不满意,认为小力"卖相"一般。但是几次偷偷观察下来,发现小力待人接物很有教养,气质勿错,知识面又宽。而且,只要上门做客,小力都会去厨房帮着未来婆婆打下手,汰汰鱼切切葱。好几次,小力还动手烧了几只特色菜让未来公公婆婆尝尝自己手艺。吃完饭,小力又总是抢着洗碗洗筷,揩揩煤气灶。当然,干完活,洗了手,护手霜是标配。临走还不忘顺手把垃圾袋带下楼去。

结了婚,小力继续保持优良传统。晚饭后又多了一件事,天天陪着婆婆去散步,一边走一边"嘎汕胡",亲如母女,四周邻居看到,"眼仰"煞了。"找媳妇要找907的小力",成了小区里的顺口溜。

原载 2018 年 5 月 7 日《劳动报·文华副刊》

开朗的人懂减压

人生苦短，每天都会面临如何减压的问题。尤其是现代社会，生活节奏越来越快，压力越来越大。这种压力来自方方面面，有来自工作的，有来自生活的，当然，也有好多来自情感世界。

我的一个忘年交朋友，出生于四川绵阳农村，从小立志要好好读书，将来立足北上广一线城市，出人头地。经过几年发奋拼搏，这家伙居然以全县文科第一名的成绩风风光光考入复旦。毕业后又成功留在上海，进入一家传统媒体当记者。消息传回家乡，"千里飘香"！可几年一过，他发现号称"无冕皇帝"的记者并非想象中那样"神抖抖"：既进不了体制内，拿的又是基本工资，其他全靠一篇篇写出来换算奖金。每天睁开"眼乌珠"就在脑海里盘算今天有啥题材可写。拼命写了一个礼拜，十几篇报道见报，顿时眉飞色舞，哇，这个月的房租解决了！又写了一个礼拜，哇，谈女朋友的经费"实扛"了！第三个礼拜老家来了亲戚，好几天忙着接待，陪喝陪玩，一个月生活费泡汤了……

重压之下，这家伙果断逃离上海，去了附近的嘉兴。他说："每天挖空心思变着花样想选题，而且你的工作能力，白纸黑字，天天在报纸上亮相，明摆着，躲也躲不掉。再讲了，上海生活成本太高,特别是房价,实在吃勿消。我再怎么拼命,一辈子也买不起上海的半套房。不如去嘉兴,按我的能力,随便找一家媒体,游刃有余。"

朋友聚会辰光谈起这桩事体,有的表示惋惜,说他不懂减压;有的说逃离上海也是一种减压,说明他是个开朗的人,懂得选择更适合自己的生活,为啥非要在一棵树上吊死?

于是话题转到减压的"窍槛"。有人讲,听音乐是最好的减压方法,侬看很多运动员在大赛之前都是通过听音乐来减压的。说的也是,每当申花比赛日,我去虹口足球场总能看到,无论是主队申花还是任何一支客队,球员从大巴上鱼贯而下时,几乎没有不戴着耳机听着音乐的,目的都是减压。

朋友阿力插嘴讲了个故事,讲单位里有个小女生叫维拉,原先谈了个男友,长得比胡歌还帅,两人情投意合,缠缠绵绵。情人节那天快递小哥送来一大捧玫瑰,引起整个办公楼层的轰动。万万呒没想到,两个月之后,不知啥原因,两人居然谈崩了。那段辰光,开朗的维拉并没有情凄意切、"掼头掼脑",而是跑去歌厅 K 歌,只要熟悉的旋律响起马上释怀。唱完就缓过神来,依然是楚楚动人的美人一个。音乐真是神奇。

除了音乐,阅读也有助于减压。阿来讲了另外一个故事。他的同事海森,平时不怎么看书,可一碰上"压力山大"的事情,便关起门看书去了。问他是不是看了"心灵鸡汤",他讲,呒没,"心灵鸡汤"越看越容易"七想八想"。他看的是中外名著,让自己沉浸于小说的情景里面,完全忘却了眼前的那些所谓压力。看完书，仿佛啥事也没发生过，仍然嘻嘻哈哈和同事们闹着玩。

还有一些减压方法，虽然有点奇葩，但毕竟反映了不同个性的独特处理方式，只要足够开朗，一切压力问题都能迎刃而解。比如我的朋友朱妮，无论碰到啥压力，都会出去旅游散心，化解压力。哪怕吼没休假，双休日约上闺蜜去上海周边的农家乐玩个两天也好。实在"勿来赛"，晚上抽空去外滩走一走，倚在江边栏杆上，远眺对岸鳞次栉比的高楼和闪烁的霓虹，任凭江风吹拂，心情一下子开朗起来。她讲，人要活得开朗、阳光，面对祖国锦绣山河、美丽风光，哪有什么可以计较、纠结的，所有的压力、烦恼统统扫到"历史的垃圾堆"里去了。

还有个熟悉的朋友阿莲，释放压力的方法更是与众不同，一有压力便钻进国金、久光或者梅泰恒，宣泄般地 Shopping。屋里厢时尚衣裳、皮鞋、包包和手镯"潮潮泛"，还好阿莲在外资企业当头头，卡里钞票"木佬佬"。当然，大有大的 Shopping 去处，小有小的消费途径。假如吼没足够的实力，那么去路边摊疯狂地买一些发卡、饰品，也不失为一种解压的方法。

男人们喜欢借酒浇愁，以此减压。但这个方法并不适合所有男人，只有开朗的男人才会约上三五知己，然后在酒席中"嘎讪胡"、讲笑话，酒过三巡烦恼全无。而有的"闷格子"男人喜欢独自喝闷酒，结果"抽刀断水水更流，举杯消愁愁更愁"，脑子进水了。

原载 2018 年 6 月 4 日《劳动报·品位周刊》

绰　号

那天在浦东机场T2候机楼，我正安静地读着一本书，"勒么桑头"背后传来很响的声音——

"孙悟空！""黑玛丽！""真呃是侬啊？""真呃，哪能嘎巧啊！""就是，三十多年了，中学毕业后就没碰过头，想勿到来了机场碰到了！侬好哦啦？""蛮好，侬呢？到啥地方去'白相'？""到九寨沟，侬呢？""张家界。"

我回头一看，一对失联多年的老同学还在旁若无人地热烈交谈着。这两人我当然不认识，不过，又似曾相识，因为我老同学里也有一模一样的绰号，男的就叫"孙悟空"，女的也叫"黑玛丽"。那两声绰号无疑触发了我对学生时代的亲切回忆。我那男同学，因为做事体欢喜冲在前面，帮同学打抱不平，所以被起了"孙悟空"绰号；那女同学因为皮肤"黑黜黜"，所以叫她"黑玛丽"，一种热带鱼的昵称。勿晓得我的"孙悟空"和"黑玛丽"现在好不好，毕业分手后好像再也没有碰到过呢。

印象最深的是"野胡弹"，早年东渡扶桑去打工，工作难找，只好硬了头皮去殡仪馆背死人。第一天上班跟着日本师傅渡边去一幢公寓楼背死人。死者是个大胖子，"野胡弹"背起来刚想进电梯,被渡边师傅一把拦下,说是日本规矩,死尸进电梯勿吉利。"野胡弹"只好吭哧吭哧从十九楼背下来。十年以后,"野胡弹"积攒了六百多万日币回到上海。所以"野胡弹"老是"神抖抖"地请老同学聚会,扎足"台型"。几次一请,跟"嗲妹妹"谈起了"敲定"。"嗲妹妹"爷娘勿欢喜这个"毛脚",借口"野胡弹"绰号难听,人也不会好到啥地方去。"嗲妹妹"讲:"绰号好听难听有啥关系,伊做人一点勿'野胡弹',老大气呃,勿像有些小市民'鬼(沪语音举)齰齰'。"后来事实证明,"野胡弹"确实阳光开朗,只要在屋里厢总是抢着烧菜做饭,深得太太欢喜。丈母娘吃过之后也夸奖"米道交关赞"。

"嗲妹妹"讲得没错,绰号好听难听跟人品是呒没必然联系的。况且大多数绰号,仅仅调侃而已,即使有点难听,也是善意的。有辰光互相之间叫叫绰号,更能体现关系的亲昵。这就是之所以叫绰号最好在熟人之间的原因。

但即便再熟,还是要看场合的。两个"穿开裆裤"长大的发小,一个当了公司老总,一个还在看仓库。关系再怎么熟稔,也不能当着工人的面,哇啦哇啦喊老总的绰号"香乌笋"吧?

叫绰号还要看性格。有的人比较内向,不喜欢人家叫绰号,那就要尊重对方。其实,人人都有绰号的,谁敢说自己没有?连城市的一些地标都有绰号呢!位于徐家汇的上海体育馆因为可以容纳一万名观众,因而被叫成"万体馆"。万体馆就是绰号,如果你非要一本正经说成上海体育馆,估计呒没多少人晓得,而要一说万体馆,上海几乎人人知晓。上海体育场也是,直接被叫作"八万人"。有些绰号,比如好好的火葬场,上海人叫成"铁板新村",听上去有点"促里促刻",但想穿了也没什么,人生旅途总有终点,不是每个人都有资格说"去见马克思"的,老百姓寻寻开心,说去"铁板新村"了,倒是蛮形象的,至少还是蛮乐观主义的。

当然,也有许多绰号却是越难听越往死里叫,这就有点恶意了。有恶意的带有侮辱性的绰号,侵犯人格尊严,容易引起对方的反感,伤害双方的感情,严重的话还有可能引起对方的仇视,演变成斗殴,甚至引发血案。一次朋友聚会上,"大头"卷起袖管时,不经意露出了手臂上长长的一条疤痕。于是,"大头"讲起了一段往事:读高中时,班里有个同学叫刘杰,因父母决意离婚,心情本来就不爽,加上他与母亲搬出原来的家,租住了一间很小的平房,连一张书桌都放不下。没过多久,刘杰的成绩一落千丈。但刘杰从来不跟任何同学说起家里的变故,老师恨铁不成钢,当着全班同学的面责备他:"刘杰刘杰,难道你真的想留级啊!"上海话"刘杰"与"留级"音同,下课后,"大头"带头给刘杰起了绰号"留级坯",还跟一帮男生一起跟在刘杰后面嘻嘻哈哈叫。刘杰本来就因为家里的事"觸势"得勿得了,哪里受得了这样的委屈,情急之下,摸出美工刀划向"大头"……

回首往事,"大头"说只怪自己当初不懂事。是呀,起绰号,起什么样的绰号,什么场合叫绰号,有很多学问呢。

原载 2018 年 7 月 16 日《劳动报·文华副刊》

善意的谎言

有一种教育根深蒂固。小辰光,老师、家长无时无刻不在谆谆教导阿拉,做人最起码的原则是要诚实,不能说谎。印象最深刻的是小学课本上两个家喻户晓的故事。

一个来自伊索寓言,说有一放羊娃天天在山上放羊,有一次"寻开心",对着山下大叫:"狼来了,狼来了,救命啊!"乡民们救人心切,赶到山上却不见狼的影子,上了"小赤佬"的当。过了几天,狼真的来了,"小赤佬"吓得"魂灵头"也没了,"哭促乌拉"大喊大叫:"狼真的来了呀,快来救救我啊!"乡亲们以为他又在说谎,懒得理他。结果,狼把他的羊全部咬死了。

还有一个意大利童话故事,通过一个叫匹诺曹的木偶的奇妙经历,告诉小朋友一定不能说谎,否则鼻子会越变越长的。

但是,总有一些人"神志无智邋遢胡子"。朋友的儿子阿杰读高二,参加邓紫棋的内地粉丝后援会。前几天有邓紫棋的演唱会,正好跟化学课"相鼻头"了,于是跟老师说外婆病故,要请假参加追悼会。过了几天,班主任与阿杰外婆在马路上巧遇,大惊失色,这才晓得,"小赤佬"说谎说"豁边"了。外婆告诉老师,自己已经第二次在阿杰的嘴巴里"壮烈牺牲"了,第一次是读初中辰光，好像也是为了去看哪个歌星的演唱会。

虽然讲，说谎是很让人讨厌的，但生活中，有一些说谎却是善意的，值得点赞的。这些善意的说谎帮助一些人在幸福中度过一段危难，甚至是痛苦的时光。老朋友郑教授是有名的胸外科专家，人称"一把刀"。有一次来了个病人，五十上下，心事重重的样子。通过反复检查，确认病人属于小细胞肺癌晚期，是肺癌中最凶险的一种，呒没挽救的可能。郑教授故作轻松的样子劝慰病人："呒没啥大病，长期郁闷又勿善于抒发而形成的心气不畅，日积月累肯定会感受到心肺疼痛感。建议侬心胸开朗一些，多跟亲朋好友交流沟通。春暖花开的季节到郊野乡村住上一段辰光，呼吸呼吸新鲜空气。"

随后，郑教授又单独留下病人的太太，把真相和盘托出，说："我如果昧着良心，完全可以做个手术，帮医院赚进几十万块，但侬老公最多三四个月。不开刀，只要他心情舒畅，说不定可以多活几个月。"结果，病人真以为没有大碍，心情一好，多活了一年半载。

有次聚会，郑教授告诉我，医生要懂点心理学，对性格内向的病人不好随随便便"摊底牌"，否则要"吓煞伊"呃。有些病人明明可以多活几年的，一听癌症两个字，当场吓得"脚骨发软"，呒没多少辰光就"走"了。而对性格开朗的病人，"摊底牌"倒反而有利于他配合治疗。有些医生开口闭口"想穿点，想吃啥就吃啥"，病人一听，以为自己没啥"希望"了，悲从中来，本来三两生煎一碗牛肉汤哗啦啦就到肚皮里了，现在一碗小馄饨要吃老半天。

有些善意的说谎，帮助一些人在不明真相的情况下实现了埋藏在心头的最美好的愿望。最为感动的善意说谎发生在2006年的吉林。七岁小女孩欣月突发髓母细胞瘤，是特别严重的一种脑瘤。为了治病，他们全家搬到了长春。可小欣月的病情越来越严重，脑部积水，接着双目失明。医生告诉欣月爸爸，孩子要做什么尽量满足她吧，因为她的生命随时可能结束。欣月在学校里是小升旗手，她的愿望是要到天安门"看"一次升旗仪式。为了圆梦，欣月爸爸把家里能卖的都卖了，筹措盘缠准备带女儿去北京。然而，医生却说，小欣月目前的情况不是很好，如果去北京随时可能有生命危险。

欣月爸爸失望至极，他不晓得该怎么跟孩子交待。后来媒体跟欣月爸爸共同策划了一个"谎言"：带着小欣月坐车在长春城里转来转去，转了好长一段路，转到一个学校操场上，说是天安门到了，然后听着雄壮的国歌响起。坐在轮椅上的小欣月激动得热泪盈眶，她面朝升旗的方向，想举起右手向五星红旗敬礼。但病魔来袭，她痛苦得再也举不起手臂了，只能把手掌轻轻地放在浮肿的脸颊上。在场的所有参与升旗仪式"演出"的人们，看到这一幕，再也控制不住，一个个潸然泪下。为了这个美丽的"谎言"，长春市有2000多人报名参与了这次"撒谎"行动。

两年后，小欣月带着满足感，幸福地离开了美好的世界。由此我们得出一个结论，虽然我们厌恶说谎，却又倡导充满善意的谎言。

原载2018年7月18日《新民晚报·夜光杯副刊》

温暖的拥抱

我们中国人比较含蓄，哪像老外，为了表达感情，不分场合就给你一个大大的拥抱。但讲穿了，阿拉内心其实也是渴望拥抱的，只是不习惯轻易表露而已。连李宗盛，那么大牌的音乐人，性格算得豪放不羁了，写歌词居然也是忸忸怩怩："黑暗中，世界仿佛已停止转动，你我的心不用双手也能相拥……"弄堂口欢喜哼哼小调的小皮匠说："要西垮了，不用手算啥拥抱？"李宗盛还写过一首歌："越过山丘，才发现无人等候，喋喋不休，再也唤不回温柔，为何记不得上一次是谁给的拥抱……"馄饨店老板娘说："昏头了，连上一次啥宁拥抱都忘记脱了，这中间要相隔多少辰光啊！"

有的人对生活中有没有拥抱无所谓，说勿欢喜那些"虚头虚脑"的东西。我的朋友阿灰从六安到上海闯荡十几年，开了一家小公司，立牢了脚跟，但夫妻感情却亮起了红灯。阿灰责怪太太一天到晚"五斤吼六斤"，吭没一点女人味，连拥抱都不会。太太振振有词：工资交出来，这叫实打实；晚上"西"回来，那叫心贴心。拥什么抱，接什么吻，只有小情人才玩这一套虚的！

但有的人却很在意生活中的这份温暖，认为不管是轻轻的一拥，还是热烈的一抱，只要来自对方内心的召唤，都是情感真挚的最好写照。那天老同学聚会，大家又讲起小颂与小苏的故事。当年小颂是出名的校花，屋里厢条件"挺刮"。小苏除了长得秀气一点，其他条件都很"推板"，三代五口人"轧"在亭子间里。就是这两个在众人眼里"浑身勿搭界"的人，最终却出人意料地走在了一起。而且，几十年过去了，虽然生活中也经历了不少风风雨雨、坎坎坷坷，但两人的恩恩爱爱始终呒没改变。小颂讲，在人堆里小苏绝对勿是"弹眼落睛"的那种人，只有我晓得，这个"三无"男人（无路子、无位子、无票子），其实有着"三有"品格（有责任、有担当、有爱心）。

小苏单位离屋里厢近，每天下班回家早，他总是准备好了小颂爱吃的小菜，等小颂一进门，自然而然给她一个拥抱。小颂说，上班再怎么"撒度"，单位里再怎么"挖塞"，只要一个拥抱，所有的不如意都烟消云散。而假如小苏单位里有事体，回家稍微晚了点，看到太太在厨房里忙碌，小苏也会悄悄地从背后抱一抱她，让她感受到他的歉意。

所以小颂很满足，很幸福，总是说，你们有再多的票子，再大的房子，可是你们有那么长久的拥抱吗？

其实，人的一生多多少少都会有过拥抱的经历，但发自内心、坚持不懈的拥抱，却不是人人都有的。而能够影响一辈子、留下刻骨铭心记忆的拥抱，更是少之又少。记得前几年，在深圳闹市街头的天桥上，一个16岁少年要跳桥自杀，桥下聚起很多路人围观。消防队来了，迅速在桥下铺设气垫；警察来了，拉起警戒线维持秩序，并派出谈判专家给少年作心理疏导。可是，谈判专家叽里呱啦说了一大堆，少年不为所动。双方僵持了老半天，毫无结果。少年还是不放弃自己原来的选择。就在这千钧一发之际，突然人群中冲出一个19岁女孩，直奔那少年而去。警察猝不及防。等到警察反应过来，女孩和少年已经拥吻在一起了。几乎没有一句什么开导的话，就一个拥吻，少年便打消了自杀的念头，跟着女孩退了下来。那女孩是安徽来深圳打工的，与少年并不相识，路过现场，看警察一时解决不了问题，便用了一个独特的见义勇为的方法。事后记者采访女孩，她说："拥抱是伤痛的最好治疗师。无声的拥抱，胜过千言万语。"

2018年俄罗斯世界杯，一个饱经战争创伤，赛前毫不起眼，人口仅四百多万，来自巴尔干半岛的小国足球队，居然凭借顽强的斗志，连克强敌，闯入决赛。虽然最终惜败于法国队，但却赢得了全世界的尊重。人们在钦佩克罗地亚队的同时，更是记住了球赛结束后，克罗地亚年轻美丽的女总统科琳娜站在莫斯科卢日尼基体育场瓢泼大雨中，为克罗地亚每一个球员送出的温暖的拥抱！科琳娜知道，在这种时刻，除了拥抱，其他任何感激的话都显得苍白无力，也难以表达她对克罗地亚勇士们的情感。

随着时代的变迁，中国人表达感情的方式也慢慢开放，清澈似水、激情如潮的拥抱镜头必将更多地出现在人们的生活中。

原载2018年8月6日《劳动报·品位周刊》

职场囧事

人的大半辈子都是在职场度过的。许多年轻人还在校园里奋斗呢，心却已憧憬起职场生涯了。他们总是早早地描画着踏入社会的美丽蓝图，想象着美好的职场人生。而即将退休的或者已经退了休的职场"老司机"们，回首往事，百感交集，尤其想起那些职场囧事，想想发噱，常常"睏梦头里笑醒"了。

那天在聚会时说起职场囧事的话题，一桌人都在嚷嚷"谁在职场没有囧事？"于是我趁机提议每人都要讲个故事，可以是自己亲身经历的，也可以是道听途说的。就这样，阿新开了头，说自己二十年前刚进单位，脑子里老想着爷娘教导，手脚要勤快，留个好印象，多帮师傅"汏汏杯子、泡泡茶水、揩揩台子，勿要神志无智"。第一天上班，看到师傅办公桌上的杯子里有小半杯积水，便拿到茶水间倒掉，汏汏清爽，揩揩干净，又悄悄地放回到师傅的桌上。阿新讲，坐回到自己办公桌时，想象着一个职场新人第一次像雷锋一样做好事不留名的情形，不由得偷笑起来。

但一歇歇工夫，师傅一进办公室就大惊失色："我杯子里的水被谁倒掉啦？"阿新看到师傅"气势汹汹"的"腔势"，吓得闷声勿响。其他同事围拢过来问出了啥事体,师傅讲:"一副隐形眼镜浸了水杯里,勿晓得被阿里只赤佬倒掉了,买买老价钿啊!"当年一副隐形眼镜几百元,相当于半个月工资呢。好心办坏事,阿新为此纠结了好长一段辰光,成了抹不去的心病。

孙工说,这不算什么,要说囧,我那个才叫囧!当初孙工大学毕业分配到机关,见办公室的小嫣姑娘长得清秀,性格又好,便有意追她。有事没事找小嫣"嘎讪胡",话题都是女孩喜欢的流行歌曲排行榜、中外热门电影、时尚杂志之类。光一个高仓健的话题,从冷峻外表、硬汉性格到坚韧的银幕形象、稳健的表演才能,就聊了两个礼拜。辰光一长,孙工以为"三只指头捏田螺",趁下班后办公室里只有小嫣独自在,便涨红了脸向小嫣表白。

其实,孙工一举一动哪能逃得过人事处陈大姐的眼睛。大姐对孙工说:"侬以为'宝大祥'啦?人家小姑娘老早就'敲定'了!"孙工赶紧问是谁,大姐用手指指隔壁,讲:"喏,侬顶头上司陆处。勿是我阿姐要'开挖'侬,侬以为还在大学里,可以随随便便追小姑娘啊?进了职场'眼乌珠'一定要睁睁大,否则有得侬吃苦头了!"从此,孙工碰到小嫣和陆处尴尬得一塌糊涂。眼不见心不烦,没过多久,孙工跳槽到一家科研所去了。

听完孙工囧事,一桌人感慨,历史经验早就证明"没有调查就没有追女孩权"。追女孩,事先要做足功课呃好哦,否则,毛毛糙糙哪能"来赛"!

说起职场囧事,还有很多笑话,比滑稽戏还要滑稽。曾经听过一个真人真事,讲述的人早年担任领导秘书。这位领导没有读过书,在硝烟弥漫的抗日战场上跟着班长认了几十个大字,新中国成立后,又参加夜校扫盲班,这才扫清了读书看报的障碍。秘书的主要任务就是为领导撰写讲话稿。有一次,领导在台上照本宣科念稿。念着念着,念到"坦白从宽是犯罪"的时候,突然就停了下来,下面安静了几秒后开始嗡嗡嗡议论开来。原来那领导念到这页纸的最后一句,却因为老眼昏花,哆哆嗦嗦一时翻不到下一页,所以耽搁了句子的完整。等到翻到下页,继续念出下半句"分子的唯一出路"时,底下的人已经笑痛肚皮。

会后,那领导当然要吃秘书的"牌头",关照他,今后凡是碰到这种情况一定要在末尾注明"翻过来"三个字,以便提醒领导。秘书照办。隔了几天又开会了。老早子,会确实是蛮多的,否则哪能会流行这样一个童谣呢:落雨了,打烊了,小巴辣子开会了,大头娃娃跳舞了……

领导照例又上台讲话了。这次念啊念,念到一页纸的最后那句"十月革命一声炮"时,稀里糊涂,居然把秘书特别提醒的"翻过来"三个字也念出声来,紧接着才念出下一页的"响"字。结果这句话成了"十月革命一声炮翻过来响……"

这下子"笑"果比起上次来,更是"结棍",没有一个不捧腹的,没有一个不笑出眼泪的。那秘书从台上往底下一看,几百人的听众,"倾铃哐啷"全都笑得人仰马翻。尽管几十年过去了,但是这一幕始终镌刻在脑海里。

职场有规则，勿管啥职位，勿管啥岗位，勿管啥年龄，勿管啥性别，"小鲜肉"也好，"老司机"也好，体制内也好，体制外也好，"混腔势"终归要"出洋相"呃！

原载 2018 年 9 月 3 日《劳动报·品位周刊》

职场女性

中国的职场女性，在全世界面前是很扬眉吐气的。不像日本女人，生了孩子，大部分远离职场，在家相夫教子了，每天等待丈夫下班回家，恭恭敬敬地递上拖鞋，低头道一声："您回来啦！"气场全无。难怪一些老外特别佩服中国职场女性，"妇女能顶半边天"，社会地位好高哦。

如果你想了解上海的职场女性，麻烦你上下班高峰时，去陆家嘴、人民广场、徐家汇的地铁站、商务楼看看，潮水般涌进涌出的人流中，差不多一半是女性。女性绝对是职场的一道亮丽风景线。安妮是外资公司的销售总监，这个从小在石库门弄堂里长大的文静小囡，见到陌生人总是躲在外婆的身后，面孔涨得通红通红的。转眼十几年过去了，海外留学归来却成了风风火火的职场女强人，带领她的团队屡创佳绩，在短短几年时间内，把一家初来乍到的外资公司"硬碰硬"做到了亚太第一，继而做到全球第一。总部大老板多次发话："安妮是上海的女儿，也是全公司的宝贝，是非卖品，绝不允许被挖走。她的身价可以随行就市，甚至超过我！"

问安妮有啥经验，她总是谦逊一笑：哪有经验，主要是用心、用情、用人。用心，就是拿工作当作自己的事体做；用情，就是对待工作要投入感情，好比谈恋爱，感情深了才能走到一道；用人，就是要依靠团队，自己勿要"神抖抖"，离开团队"死蟹一只"！而总部大老板最推崇中国职场女性的优点，就是心细、有韧劲。

当然，也有不少职场女性，把精力全扑在了事业上，忽视了对家庭的经营，"后院起火"了。比如艾拉，是一家广告公司的市场总监，她把团队成员管理得服服帖帖，谁在工作上"捣浆糊"，只要被伊"刮三"，当场"现开销"。要是差错造成重大损失，必定叫侬"卷铺盖走人"，撒哟娜拉。

那天夜里下了班，艾拉叫上闺蜜琳达去茂名南路泡吧。几瓶科罗拉喝下，艾拉终于克制不住糟糕的情绪，哭着告诉琳达，自己的家庭出了状况，与先生已经冷战了两个月。现在正是关键时刻，是决定继续装"野胡弹"下去，还是辣手辣脚一刀两断，或者"花头花脑"去挽回婚姻呢？琳达讲：我看关键在侬，每个人在不同的场合有不同的角色，侬不好拿单位角色带到屋里厢，同样也不可以把家庭角色带到单位里。侬工作中雷厉风行、大刀阔斧，在总裁的眼睛里也许是优点，但侬先生更需要一个温柔优雅的太太。侬如果这个道理都搞勿清爽，那么再给侬一次婚姻，照样失败。

可见职场女性多么不容易，需要刚柔并济，既要上厅堂又要下厨房。不像男人，一心扑在工作上，工资卡交给太太就千好万好，一俊遮百丑了。从某种意义上说，做人难，做女人更难，做出色的职场女性难上加难。

还有，职场如何用好女性也是有讲究的。俗话说，"三个女人一台戏"，假如职场尽是女性也麻烦。一次朋友聚会，阿肖叹苦经，办公室里八个人，除了他这个主任，其余都是女性。三个老大姐，几乎一样性格，见人自然熟，热情得一塌糊涂。比如隔壁财务部阿昉来串门，三个大姐迎上去，一个啧啧称赞："啊哟哟，侬今朝打扮得嘎漂亮，起码年轻十岁！"一个问："裙子弹眼落睛，啥地方买呢？"一个讲："侬儿子去日本十年了吧，等侬退了休好去日本享福了。"等阿昉一走，三个大姐画风突变，"以为漂亮煞了，穿得像跳广场舞！""勿是我瞎讲，迭条裙子绝对是七浦路淘来的。""伊拉儿子在日本苦来兮呃，比背死人好勿了多少！"阿昉要是听到，血也要吐出来了。

三个大姐以前分散在三个部门，都是业务骨干。没想到挖过来聚在一起"腔调"就变了，变得刻薄了。我跟阿肖讲，侬拿大姐分开来，保证一个个又变回去了。不要问为啥，侬去翻翻心理学就能找到答案了。

阿肖讲，还有两个小妈妈，话题离不开育儿经。不是议论哪里可以买到新西兰奶粉，就是议论哪家早教机构又开了新课。两个小姑娘也是，讲来讲去就是昨天夜里跟男朋友到哪家网红餐厅吃饭了，"米道"哈嗲！

职场的规则就是，茫茫一片全是男的，差不多都成了"煨灶猫"，工作明显缺少冲劲；茫茫一片全是女的，肯定叽叽喳喳"田鸡篓打翻"。讲来讲去还是那句话：男女搭配，干活不累。

原载 2018 年 10 月 8 日《劳动报·品位周刊》

职场老法师

俗话说，家有一老如有一宝。职场也是，一些单位因为有了老法师，很多辣手辣脚的问题，都能迎刃而解，化险为夷。

朋友老姜从电力公司的一线基层干起，爬电杆、下窨井、焊电缆，什么脏活累活都干过；后来又去了施工队，专门安装和维护小区变电站，什么变压器、高压柜、低压柜、母线桥、直流屏、模拟屏、高压电缆等等，在老姜手里都成了"一帖药"。再后来，老姜读了电力学院成人大专班，然后就被选拔到公司的规划部门去了。几十年的打拼，老姜成了电力公司的"大管家"，多少资产，多少设备，地下电缆布局，地上电杆走向，在他头脑里"煞勒似清"。

终于，职场的"列车"开到了尽头，要退休了。老姜留恋地望了一眼停靠在职场终点站的"列车"，领导似乎读懂了他眼神里传递的信息，热情地挽留老姜。领导只讲了一句话："老姜老姜，姜还是老的辣。"事实证明后来碰到的一些技术难题，全靠这个老法师足智多谋，解决得干脆利落，"一刮两响"。

今年夏天，有个小区电路故障，突然停电。正巧是下班辰光，电梯吊了半当中，空调"闹罢工"，厨房间里"墨里彻黑"，夜饭烧勿成,居民们怨声载道。电力抢修班"急吼拉吼"赶过去,打开变电箱,一个个大眼瞪小眼,新的设备,新的线路,查来查去查勿出啥名堂。万难之下,只好硬硬头皮,请出老法师。老"姜"出马一个顶俩,他像老中医搭脉,一下就发现了病症所在。随后手到病除,小区里顷刻之间电灯又亮了,空调又送凉风了,电梯里又响起了欢声笑语,厨房间里又飘出阵阵饭菜香。底楼101室的苏北爷叔拉着老法师非要请他去家里坐坐,老姜推辞也推辞不了。踏进房门,苏北爷叔端出一大碗顺风耳朵、猪头肉,捧出一瓶加饭酒,一定要老姜喝一口。老姜说,心意领了,但公司有规定,上班辰光是不好喝酒的,更不能喝客户的酒。苏北爷叔直跷大拇指:今天全靠侬迭个老法师!几个小年轻摸索了老半天也没有摸出啥名堂,老法师到底不一般,乖乖隆地咚,水平呱呱叫哎!

　　当然,最好的老法师不仅自家能力要"硬扎",而且还要带出水平"挺刮"的徒弟,所谓"名师出高徒",这样才能薪火相传。这样的老法师,也是单位领导最愿意聘用的。朋友挚子是一家知名律师事务所的合伙人,他的观点是:能不能称作老法师,不是看他入行多少年,而是看他带出多少好律师。在他们律所,两个同样干了三十年的老律师,一个叫阿海,一个叫阿原。阿海带过三个硕士生,却没一个干出名堂;相反,阿原带的两个徒弟只是本科生,却早已独当一面,在业界名气"乓乓响"。去年轰动一时的经济纠纷案,阿原的两个徒弟联袂出场作为被告的辩护律师,庭审中的辩护词结构严谨、层次分明、条理清晰、观点辛辣，从申述、辩解到反驳如剥洋葱，层层展开，法庭成了两人的舞台。据说，这篇辩护词后来成了法学院本科生学习怎样写辩护词的模板。

大千世界，无奇不有。也有个别的老法师比较"推板"，他们总是倚老卖老，两只眼乌珠长在额角头上，自以为是，目中无人。朋友说，他们公司财务部有个老法师叫老沈，人很聪明，公司一本账都在他的脑袋里。好几次，公司老总"勒么桑头"问他几个数据，老沈张口就来，从来勿打"嗝楞"，连小数点后面几位数都讲得"煞煞清"。但同老沈打过交道的同事，没有一个不在背后骂他的。因为老沈严防死守"一亩三分地"，自己管的账目其他人别想插手。财务部的年轻人碰到问题请教他这个老法师，他必定是"搁头搁脑"训斥一顿："哪能嘎笨啦，进公司几年了，连迭个也勿会？"骂完看心情，心情好的话就讲个结果，他是从来不会把过程公开的，生怕别人学了去，拿伊一脚踢开；心情要是勿好，睬也勿会睬侬，捧着紫砂茶壶笃悠悠踱着方步喝茶呢！吓得大家有问题再也不敢轻易请教了，几个小青年嘀嘀咕咕："算啥个老法师呀，稀奇勿煞了，小鸡肚肠！"

所以，老法师的头衔勿是自家随便封的。真正的老法师是得到公认的那些在某行业或领域里精通业务和技能，具备丰富的阅历和经验，德高望重，受人尊敬的长者。

原载 2018 年 11 月 5 日《劳动报·品位周刊》

职场新人

跨出校门,步入职场,踏进社会。很多年轻人怀揣梦想,希望由此创造人生的辉煌。一般来讲,大多数家长都会在孩子入职的前一夜谆谆教诲:"小举头,明天起,侬就是职场新人了,魂灵要实进,手脚要勤快,发了工资勿瞎用,囥点钞票将来讨老婆用!"年轻人嘴上"晓得晓得",心里并不服气:"哼,只会跳跳广场舞,淘宝勿懂,支付宝白相勿来,还想一本正经汏我脑子,现在啥时代啦!"但是,年轻人并不知道,无论过去和现在,作为职场新人,基本的做人道理是不会变的。

职场新人,首先要有事业心。如果仅仅把工作看作是饭碗头,那么,就不会有上进心,得过且过,"混腔势"。只有拿工作当事业,才会有永恒的工作动力,才会爆发出创造的能量和创新的激情。哪怕从事的职业与所学专业不对口,甚至是风马牛不相及,也不必灰心。只要用心去做,就会发现别有洞天。

阿莲毕业于名校的新闻系,并且顺利进入一家都市报当记者。可是三年干下来,阿莲的新闻业务并没有多少长进,写的稿子都是经过老编辑大刀阔斧修改后才见报的。老编辑叹苦经:"科班出身的,连导语都写勿好,真是作孽啊!"有一次,老编辑实在摒勿牢，找到阿莲"搁头搁脑"一顿臭骂："侬看看，断命呃啥个标题，一道美丽的风景线，写烂脱了晓得哦？"闺蜜问过阿莲："侬勿欢喜为啥当初要考新闻系？"阿莲回答："没啥欢喜勿欢喜，我现在忙了要结婚，啥地方有心相工作。结了婚就会怀孕生子，以后说勿定要二宝，就更没有心相工作了。"

相反，阿莲的同学大山，毕业后去了一家企业宣传部工作。在一些老师、同学眼里，专业不对口。但大山把工作当事业，干得有声有色。去年，大山发挥自己专业特长，主动向宣传部长提出办一份企业报。他的想法得到部长的支持，经过一段辰光筹备，今年一月报纸在企业内部试发行，每周一期。当飘散着油墨馨香的报纸发到职工手里时，真是"弹眼落睛"啊！大山突然感悟到，原来企业也是有广阔天地的。

新人入职场，大气谦和很要紧。侬 PPT 做得花哨，Flash 做得漂亮，白相电脑、手机"糯册册"，但这不是职场的全部。侬有多少人生阅历，懂多少处世哲学？有些新人鸡汤文章看多了，以为自己学历高，还没有为企业做啥贡献呢，却已先找领导"开条件"了。

阿兰是一家贸易公司老总，他们公司今年新进一名国际贸易硕士生，四个月后，找到阿兰老总问："为啥刘姐大专文凭、外语洋泾浜，奖金却是我三倍？"阿兰"一枪头拿伊笃瘪脱"："刘姐学历低、外语差，但公关能力强，全公司利润的百分之十七来自她的营销。刘姐吃过的盐比侬吃过的饭还多，走过的桥比侬走过的路还长。侬'头皮勿要撬'，啥辰光创造利润了，侬再来找我！"阿兰感叹，现在有些职场新人，"勒煞吊西"，自以为是，多读了几天书，尾巴翘到天上去了，碰勿碰就跟领导"翻毛腔"。

此外，职场新人还要手脚勤快，喊得动，肯做，看到老师傅搬东西，主动上去搭一把；看到小姐姐文件夹撒落一地，赶快帮着去捡起来。头子要活络，勿要"木噱噱"，算盘珠拨一拨动一动。小宇从小就是学霸，不管啥考试，成绩总是"石骨铁硬"，当年高考还是当地有名的"状元"呢。但毕业进入这家外资公司之后，却老是像"温吞水"一样，过分的内向性格注定了他在职场"勿吃香"。同事们对他的评价是，人是好人，但就是"书蠹头"一个，不食人间烟火。后来被调到公司战略部去了，收集行业情报，翻译技术资料，也算是物尽其用、人尽其才了。

在职场，最忌讳同事之间搬弄是非，职场新人尤其如此。"李处，王老师昨天讲侬水平吭没他高，出道吭没他早，处长位子是靠拍马屁拍来呢。""虞大姐，伊拉都在讲阿德跟小馨轧姘头，侬晓得哦？"小林进单位勿到半年，已经到处传闲话了。终于有一天，经理寻伊"吃牌头"了，骂得伊一张面孔羞得像猪肝。他的师傅说了一段顺口溜，"嘴巴少啰嗦，事体多做做；修好自家心，立好自家德。"最后师傅又掼了一句话："侬当职场是浑堂啊？进职场勿是让侬来孵浑堂的，更勿是让侬浑水摸鱼的。记牢，出来混总是要还的。"

原载 2018 年 11 月 19 日《劳动报·品位周刊》

无巧不成书

大千世界无奇不有,比如巧合。人生都会有巧合,只不过有的是大巧合,有的是小巧合;有的巧合喜上加喜,有的巧合乐极生悲;有的巧合可以载入史册,有的巧合只能是酒桌笑谈。

我的朋友老卫,当年从浙江到上海来打拼,承包一个建筑工程队。有一次,听说一家开发商有一个名气蛮响的项目。老卫动足脑筋"轧扁头",总算"轧"进招标会。招标会结束,老卫想想自己工程队的实力比起另外两家竞争对手来确实有点"勿来赛",掂掂分量,估计呒啥花头了。所以,心灰意冷,无精打采走在回家的路上。突然,老卫看到前面大卖场门口围着一群人,叽叽喳喳在议论着什么。老卫天生是古道热肠之人,敢为朋友两肋插刀,同时也容易头脑发热,敢为女朋友插别人两刀。

尽管心情不好,但碰到这种闹猛的事体,老卫绝对是走过路过不会错过的。于是他拨开人群钻了进去。原来有老太太晕倒在路上,神志不清。不要小看老卫五大三粗,这家伙生活经验丰富,平时也看了不少闲书,"三脚猫"都懂一点的。只见老卫毫不犹豫蹲下身来,又是搭脉,又是掐人中,并且打120叫了救护车……旁人说:"朋友,侬胆子蛮大呃,当心老太太碰瓷!"老卫说,救人要紧,关键辰光勿好七想八想的。

救护车呜啊呜啊来了,老卫跟着一路护送去医院。到了医院,还是老卫忙上忙下。抢救的医生护士都以为老卫是老太太的儿子,直到老太太醒了过来,才知道老卫只是个路人。根据老太太提供的电话号码,护士叫来了老太太的儿子。

儿子看到老娘转危为安,悲喜交加。老太太说:"快去谢谢迭位男同志,没伊,恐怕侬再也看勿到我迭把老骨头了。"当老太太儿子转身与老卫四目相对时,两人均啊呀一声叫了起来。谁也没想到,老太太儿子就是老卫参加招标会那家开发商的刘总。

故事到此就清爽了,一件巧事促成了老卫的事业发展,刘总以后把所有的项目都给了老卫。老卫也不辜负刘总的信任,带着兄弟们凭"硬扎"的实力打开局面,几年后,工程队成了工程公司,包工头老卫成了公司卫总。这就应验了那句老话:无巧不成书。

老话总有老话的道理,都是前人从人生经历中总结出来的金句。说到巧合,同事阿楠忍不住讲了一个自己的故事。那是十几年前的一个雨天,阿楠开车下班,路上"堵头势结棍"。高架的路况显示牌上,一片红色夹杂着黄色,好比"番茄炒蛋",看上去"嚇势势"。天,越来越昏暗,阿楠总算突破重围,谁知下了高架却在路口等待绿灯的时候,车屁股被后面开来的一辆小车狠狠地撞上了。阿楠下车正想发火,一看后面车上下来的女司机早已脸色发白,娇小的身子在雨中吓得"刮刮抖",于是阿楠动了恻隐之心,好言安慰,告诉女孩不用着急,修理费有保险公司呢。

女孩说，自己开车辰光勿长，这一套处理程序一窍不通。阿楠说，没关系，今天互留手机号，明天我来帮侬。果然，第二天阿楠请了假，帮女孩处理完所有该走的程序，当把车送进4S店维修后，又从租赁公司借来小车给女孩代步。女孩见阿楠脾气好，为人大气，做事细心，值得自己终身托付，便猛追阿楠。呒没几个回合，这事就"敲定"了，而且至今十几年不离不弃，恩爱如初。

我讲，阿楠，侬这段艳遇"潜伏"很深啊，阿拉同事了那么多年从未听侬讲起过哦。其他同事插嘴讲，阿楠，侬有"假公济私""趁火打劫"嫌疑哦。阿楠说，男人嘛，总要有怜香惜玉之心，否则机遇放在眼面前，也只好"有想法没办法"了。

话音未落，老爷叔根宝插嘴说，比起我的巧合，你们的都算不了啥。有一次老爷叔下班走在上街沿，一幢大楼的外墙瓷砖突然脱落，直往下坠，眼看要砸到老爷叔脑袋，而老爷叔还"木知木觉"。偏巧就在此时，有人叫了一声"根宝"，老爷叔眼乌珠一亮，咦，这不是三十多年没有见过面的小学同桌阿英嘛！只见阿英张开双臂，老爷叔也欣喜地跨前一步，当小辰光最要好的同桌拥抱在一起的时刻，那块瓷砖重重地跌落在老爷叔的身后，老爷叔吓出一身冷汗。要是呒没碰到阿英，呒没跨前一步，那么老爷叔必定"杠头开花"，真所谓一拥救一命。

这叫碰巧，不可能天天碰到。

原载 2018 年 12 月 24 日《劳动报·品位周刊》

年夜饭

年夜饭，就是大年夜吃的团圆饭。大年夜正规名称叫除夕，除夕正是除旧迎新之际，一家人围坐一起，热热闹闹、开开心心吃上团圆饭，共享天伦之乐。所以，中国人是很在乎也是很讲究年夜饭的。一年忙到头，要是呒没好好吃上一顿年夜饭，心里终归有点"挖塞"。

物资紧缺时代，肉要肉票，鱼要鱼票，酒要酒票，烟要烟票……几乎样样东西要凭票。这种情形下，要准备一桌像模像样的年夜饭，呒没"五斤吼六斤"的本事哪能"来赛"！记得老弄堂里三层阁宁波阿姨，头子活络，人缘好。亭子间阿婆有了苦闷她去劝，后厢房爷叔碰到困难她去帮；乡下头来人她照顾，宁可自己打地铺，也要留下乡下亲眷住几天。所以，快要过年了，远亲近邻都会想方设法送一点紧俏的年货给宁波阿姨，表表心意。阿婆送来半块酱油肉，说在阳台上已经晾了两个月，切成片，蒸一蒸，"压饭榔头"，打耳光也不肯放；爷叔捧来一碗烤麸，浓油赤酱，卖相交关好；乡下头堂阿嫂托人带来几根宁波年糕，糯是糯得来；住在金山的表阿哥送来一条半人高的花鲢鱼，做熏鱼，烧砂锅鱼头汤，放点咸菜粉皮，一鱼两吃，鲜得眉毛也"落脱"了。连弄堂口修车摊的小苏北也送来了三只皮蛋,说宁波阿姨有一副热心肠,叫她帮忙的事,从来勿打回票。

一顿年夜饭,吃出了宁波阿姨的为人,这就应验了那句老话:好人有好报。其实,宁波阿姨老"做人家"的。一碗红烧肉看上去潽潽满,实际是"表面文章",红烧肉下面埋藏着一大堆红烧萝卜。实在是肉票不够用。还有一条红烧鳊鱼,从年夜饭开始,搬进搬出,一直到正月十五元宵节,才会动筷子开吃。勿是勿想吃,是舍勿得吃,过个年,"一塌刮子"一条鱼,要是"一腔头"吃光,后面几天就吰没大菜了,要是"勒么桑头"来两个亲戚朋友,拿什么招待呢?所以,一家门拎得煞煞清,一切行动听指挥,轻易勿动筷。这叫年年有余。

有了春天的故事,生活慢慢好转起来。物资丰富了,票证取消了,买鱼买肉勿稀奇了。宁波阿姨变成了宁波外婆,外婆红烧肉再也不用红烧萝卜来托底了。儿子、女儿单位里逢年过节发年货,鱼啊肉啊都是一大袋一大袋发,宁波外婆大显身手,一碗红烧肉香飘全弄堂。过街楼的田家姆妈开玩笑:"宁波外婆,红烧肉呱呱叫,但侬孙子叫侬奶奶的,为啥只叫外婆红烧肉,勿叫奶奶红烧肉啊?"宁波外婆故意"板面孔":"要么侬烧的是奶奶的红烧肉!"田家姆妈哈哈大笑:"啊哟喂,宁波外婆骂人啰!"

日子一天天越来越好,外婆红烧肉的"销路"却越来越差。平常吃香喝辣的,油水太足,富贵病如影相随,不是血压高,就是血脂高,被医生讲得"吓煞宁",好像马上要半身不遂一样。谁也勿敢动红烧肉的"歪脑筋"了。还是豆蔻年华的孙女、外孙女就嚷嚷着要减肥了,急得外婆哇哇叫:"勿要听伊拉瞎讲,侬有没有看电视里厢讲的,记者采访百岁老人,长寿的秘诀是啥,十有八九回答喝老酒吃红烧肉!"这一年的年夜饭,在外婆的动员下,全家又放心大胆地吃上了红烧肉。其他美味佳肴也不少,唯独这碗外婆红烧肉印象最深。

世博会那年,外婆一家搬进高楼大厦去了,厨房间宽敞亮堂,弹眼落睛。但是,小辈们再也不让外婆烧年夜饭了,现在条件好了,可以到饭店、宾馆里翻翻花头了。过了几年,觉得饭店里的年夜饭也呒啥意思了,酒也没喝尽兴,服务员就来催了,快快,要翻台子了,下半场客人要进场了!

后来,流行年夜饭去农家乐。但几年吃下来,总归缺少外婆的"米道"。那一年,宁波外婆的女儿退休了,报考了老年大学烹饪班,放了学又虚心向姆妈请教。几个月下来已经烧得老"登样"了,外婆讲:"以后侬笃定可以烧年夜饭了。"第二年大年夜,一大家子又热热闹闹挤在屋里厢,看着一桌外婆风格的年夜饭,食欲大增,尤其是那碗外婆红烧肉,被一抢而空。孙女讲:"年夜饭吃的是气氛,是亲情,是团圆,所以,还是自己屋里厢闹猛。"外婆讲:"看到侬开心,我好像年轻了十岁。托改革开放的福,现在烧红烧肉再也用勿着萝卜垫底了。"

年夜饭还呒没吃完,春晚开始了,哦,看春晚喽!

原载 2019 年 1 月 28 日《劳动报·品位周刊》

底　线

　　底线的意思是最低的限度。比如做人就要有底线，没有底线的人，就是"烂糊三鲜汤"的人，是被人看不起的。

　　老底子，爷娘做规矩，坐要有坐相，立要有立相，吃要有吃相。吃泡饭绝对勿好发出"呼噜噜"声音，搛小菜勿好兜底翻，否则爷娘就要请侬吃"毛栗子"了。因为侬触犯了底线。当然，底线的设定与所处的社会大环境是有千丝万缕联系的。阿拉小辰光，男女同学不要说牵个手了，连说个话都"抖抖豁豁"。如果男女同桌，必定在课桌的中间画上一道"三八线"，互相不能越雷池半步。哪像现在的男女学生，穿着校服，背着书包，却如小情人一般，十指相扣，侬偎着走在上学、放学的路上。更有胆大者，光天化日众目睽睽之下，居然敢在地铁里激情拥吻，大尺度突破底线了。

　　有些底线是社会共识，有些底线是自己对自己的设定。每个人由于家境、学识、身份、性格等的不同，对底线的认知也是五花八门。比如幸福，每个人对幸福的理解和渴望就各色各样，有辰光差别可以大到天上地下。这个差别，就是不同的底线。王健林曾经奉劝创业的年轻人不要贪心，先给自己设个一亿小目标。"立升"一大，口气也放大了。一亿元由首富讲出来真是轻巧。这就叫"马上不知马下苦，饱汉不知饿汉饥"。有的人一天能赚个一百元已是幸福得"一塌糊涂"了。

阿拉小区附近有个看管停车场的爷叔，假如车不多，清静辰光，他会坐在一只破沙发上，左手捧一大杯热茶，右手夹一支香烟。茶叶当梅干菜放得密密麻麻，浓得像酱油汤。他就这样笃悠悠喝一口茶，吸一口烟。面前的方凳上放一只半导体收音机，咿咿呀呀放着茅善玉的沪剧。有人来停车了，他就起身去收费。一个月两三千块的收入，但他总是笑嘻嘻的，很幸福的腔调。那天中午我偶尔路过，恰巧看到他太太来送午餐。他打开冒着热气的饭盒，只见"潽潽满"的米饭上盛着一大块五花肉，外加碧绿生青的韭菜炒蛋。太太美滋滋地看着他大口大口吃饭的样子，嘴巴上嚷嚷着"慢点慢点，勿要急吼拉吼"，但心里厢"交关焐心"。

看到这一幕，我突然明白了这个收入低微的车管员爷叔为啥整天把幸福写在脸上的原因了。

还有我的老朋友大刘，堂堂大学教授，夫人却是普通工人。开始，圈子里的朋友说到这一话题，没有一个不替大教授惋惜的，半真半假地劝他"资产重组"，另觅娇妻。刘教授哈哈一笑，打开天窗说亮话："鞋子合不合脚只有脚晓得，你们不可能理解我的幸福。我这辈子作出的最正确决策，不是读博士当教授，而是娶燕子为妻，百年好合，永结同心。"原来，大刘早年去西双版纳插队，与同是知青的燕子互生情愫，缘定终生。后来，恢复高考，大刘考上复旦。而燕子隔年也顶替老爸进工厂做工。虽然地位有了明显差距,但两人的情感"石骨铁硬",没"一眼眼"影响。刘教授只管教书、做学问、交朋友,所有家务燕子都承包了,小到洗衣做饭,大到新房装修股票买卖。

大刘私下里跟我聊过,他认为找老婆不是找学术研究的助手。在学校教书、搞学术研究已经"吃力煞了",回家就尽情享受家庭生活。有空的辰光陪陪太太看看电视剧,聊聊剧情,分析人物,也是一种乐趣和幸福。

燕子从大刘那边听来的"剧评",经过日积月累的消化吸收,俨然成了"专家"。在小姐妹圈子里,燕子对那些热门电视剧的剧情分析总是讲得头头是道,小姐妹夸燕子"不愧是教授太太"。燕子听了特别幸福,回家对大刘也更加恩爱。大刘说,家庭幸福,主要看有没有一个贤惠、勤快的太太,其他都是次要的。当然,每个人有每个人的幸福观,不同的幸福观就是不同的底线。

所以,做人的底线要定得高,而幸福的底线要定得低。做人可以不富有,但必须真诚;幸福指数无关乎钱多钱少,主要看心态好不好。有的人拥有三平方米的卫生间,从此可以不用倒马桶,高兴得奔走相告;有的人三房两厅两卫了还不满足,感觉在朋友面前没有"台型",老想着从天而降一套带花园的别墅,"面朝大海,春暖花开"。其实吧,这种人的幸福观是个"无底洞",有了上海的海景房,说不定还想着有一套马尔代夫的海滨别墅呢。

原载 2019 年 3 月 11 日《劳动报·文华副刊》

春游去啰

阳光明媚，微风和煦，又到了春游的季节。春游，古时又有叫踏青的，还有叫探春的。总之，经历了一个冬天的"佝头缩颈"，一旦春暖花开，人们的心早已按捺不住，急吼吼地想亲近大自然了。所以，从这个角度出发，高晓松那个流传甚广的鸡汤文，是否应该改成：这个世界除了眼前的"佝头缩颈"，还有诗与远方。

确实，春天是很适宜抒发诗情和挥洒浪漫的。唐诗宋词中很多描写春天的经典句子，人们闭着眼睛都能倒背如流。比如"竹外桃花三两枝，春江水暖鸭先知""云想衣裳花想容，春风拂栏露华浓""日出江花红胜火，春来江水绿如蓝"……这样的古诗，多到"潮潮泛"。

朋友的千金小眷，参加了一个汉服爱好者组织，每年春日，姐妹们都会穿着汉服，跑去世纪公园演奏琵琶、古筝，诵读古诗、古文。问她为啥？说是赋予春游踏青全新的意义，身体力行宣扬祖国悠久的传统文化。问她为啥去世纪公园而不是其他公园？说是世纪公园老外多，要让五大洲的朋友见识见识华夏文化有多么优秀。后来，一个"高鼻头、蓝眼睛"的法兰西小伙缠着小眷,非要聘请小眷做他的私教,教授古汉语和诗词。一来二去,两人情窦初开、儿女情长起来。对小眷来说,春游"勿要忒浪漫噢"!

说到春游,最开心的当数小朋友们。朋友阿汤是一家快递公司的市场总监,他说公司里有个女骑手,都叫她"上海阿姐",女的送快递已经老稀奇了,上海阿姐送快递更加稀奇。阿姐命苦,丈夫因车祸离世,留下小女多多。阿姐为了多多,找了一份送快递的工作,虽然风里来雨里去,但毕竟每个月旱涝保收六七千,只要肯吃苦,有辰光可以拿到八九千。后来经闺蜜介绍,谈了个做保安的男朋友,叫阿康。阿康经济条件"推板"一点,但长得蛮"登样",关键是人勤快、心肠好。多多读小学三年级了,妈妈跟这个陌生爷叔的婚姻大事,多多的一票交关要紧。

去年春游,老师要求每个同学带两只妈妈拿手菜,中午在公园草坪上野餐,并且评选"十佳美食"。小朋友们一片欢呼声,还呒没春游,馋吐水已经答答滴了。可多多回家跟妈妈一讲,妈妈却摸出五十元:"我早出晚归,呒没工夫,到辰光侬自家到熟菜店买点红肠叉烧。"多多心里"挖塞",但又不敢跟妈妈顶嘴。

春游那天,多多一早跑到熟菜店,但见大门紧闭,只好失望透顶地赶去学校。尽管春游时多多跟同学们有说有笑,但终归有点"勿焐心","格记喇叭腔结棍了!"直到来到了草坪,老师铺开塑料布准备野餐时,一个熟悉的身影气喘吁吁地出现在了多多的眼前,啊,是阿康爷叔!阿康像变戏法一样从环保袋里摸出四只餐盒,打开盒盖放到塑料布上,一只五彩虾仁,一只可乐鸡翅,一只香椿炒蛋,一只油氽带鱼,色香味俱全,只只"弹眼落睛"。同学们叽叽喳喳问:"多多,这是你爸爸吗?你爸爸真好!"多多羞涩但又骄傲地回答:"是我爸爸!"阿康摸了摸多多的脑袋,跟小朋友们招招手转身就离去了。转身的一刹那,阿康热泪盈眶。

从此,阿康名正言顺地融入了这个家。一次春游,无论对多多、多多妈妈,还是多多新爸爸阿康来讲,都是刻骨铭心的。

突然就想起了阿拉小辰光的春游。那时候呒没迪士尼,呒没野生动物园,呒没东方绿舟,呒没东方明珠,最远的是西郊公园,最刺激的是长风公园铁臂山和"勇敢者之路";呒没肯德基,呒没奥利奥,呒没来伊份,呒没哈根达斯。最香的是妈妈做的面饼,最甜的是四分钱一根的光明牌赤豆棒冰。但同学们玩得开心啊,自由奔放,放松心情。阿拉这代人,平时呒没啥零用钿呃,到了春游,家长好坏都会稍微多给一点,瘪塌塌的裤袋里一毛两毛终归有呃,有一块两块的绝对有"立升"了,省下的钞票回家买香烟牌子,或者去摊头看小人书了。

哪像现在的小朋友,春游一次,爸爸妈妈给一百两百,爷爷奶奶给一百两百,外公外婆给一百两百,书包里又塞满了零食、水果、饮料,但他们反而呒没感觉,毫不珍惜了。还有的小朋友春游回来叹苦经,说是老师又布置春游作文了,有啥好写呃啦,写来写去公园里姹紫嫣红,绿树成荫,老一套,写勿出花头了,没劲。

原载 2019 年 3 月 25 日《劳动报·品位周刊》

马大哈

马大哈,就是那种性格大大咧咧、办事丢三落四的人,上海话叫作"投五投六"。生活中,这样的人到处都有,并留下很多经典的马大哈故事。

那天早上,听到小区楼上有人在阳台上哇啦哇啦叫:"喂,晨晨,侬哪能嘎'投五投六'呃啦,侬背呃是倷老爸呃双肩包!"原来王阿姨家里读初中的儿子急急忙忙去上学,错将他老爸同样款色的双肩包当成自己的书包了,人已走到楼下,被老妈骂回去了。等到晨晨换回双肩包,走到楼下,王阿姨又奔到阳台"骂山门"了:"侬搭我'西'回来!双肩包调转来了,但侬阳伞又落了门厅里了,天气预报,今朝要落雨呃!真是前世作孽,我哪能会养出嘎'投五投六'小赤佬!"

几年之前,发生过这样一件马大哈故事,与晨晨的"投五投六"有着异曲同工之处。一个家住五楼的年轻妈妈,一天趁几个月大的孩子正在午睡,便去楼道里丢垃圾袋。谁知刚出门,只听"砰"的一声,一阵风把房门吹上了。被惊醒的孩子不见了妈妈,哭得稀里哗啦。妈妈没带钥匙,进不了屋里厢,隔门听着孩子的哭声,急得"团团转"。情急之下打了110求助。警察很快赶到,并叫来消防队。消防战士绑上安全带,从楼顶空降到五楼,破窗而入。照理,事情得到圆满解决,故事也该到此结束了。

哈哈,生活不可能如此平淡无奇的。当警察和消防队员要撤退的辰光,那个妈妈握着消防战士的手千恩万谢,非要把他们送到楼梯口。就在大家迈出房门的瞬间,风再次把房门给吹上了!消防战士只好苦笑着又"复制粘贴"了一遍攀爬楼顶、空降而入的过程。这回马大哈妈妈无地自容,赶紧把钥匙抓在手里。但愿她吸取教训,再也不要发生这种令人哭笑不得的故事了。

马大哈的人都是因为缺根筋,有些"故事",只要稍微留点心,绝不可能变成"事故"。那天朋友聚会说起马大哈的故事,一个比一个"扎劲"。一个说,单位里有个同事,出名的马大哈,绰号就叫"毛估估"。有一次,开车去幼儿园接了儿子回家,半路上发现仪表盘上油量指针几乎接近零了,便找了家"中石化"加油。到了加油站,车刚停稳,儿子告诉老爸"小便急煞了",然后打开车门,蹦蹦跳跳去了洗手间。等加完油,这家伙把儿子去了洗手间的事忘记得一干二净,一踩油门,车子开得飞快,把五菱宏光开出了玛莎拉蒂的"腔势"。到了屋里厢,还是吭没记起儿子的事。直到警察打来电话,才想起宝贝儿子被自己丢弃在了加油站。

还有一个接送小囡去幼儿园的"故事",噢不,是"事故"。有个小囡平时都是爸爸妈妈轮流送他上幼儿园的,那天爸爸妈妈单位里都有事体,"急促乌拉"赶去上班,送幼儿园的任务临时交给了小囡的舅舅。舅舅开车把小朋友送到了离小区不远的一家幼儿园，小朋友说不是这个幼儿园。舅舅以为小朋友想"赖学"，是故意这样说的，于是训斥道："侬勿要跟我'耍滑头'，勿去幼儿园当心我打断侬呃'脚骨'！"在舅舅威逼之下，小朋友哭丧着脸走进别人家的幼儿园了。后来，小朋友自己幼儿园的老师等了一上午也没有等到，便打了小朋友妈妈的手机。妈妈以为小囡走丢了，吓得半死，找到小囡舅舅一问，这才晓得，原来舅舅送错地方了。

大多数的马大哈，当然会给人们，也给自己带来麻烦，带去尴尬。但也有的人却因祸得福，"揩"了马大哈的大便宜。一对年轻人，男的叫阿源，女的叫小月。两个人在朋友的生日派对上相识已经半年多了，互生好感。有一天，阿源对小月说："阿拉明年结婚好哦？"小月一时紧张，错把"明年"听成"明天"，心想这个阿源平常"疲塌塌""笃姗姗"，今天为啥如此"急吼拉吼"？再一想，人家毕竟是求婚嘛，急一点也是情有可原，至少表明了他爱我的态度。于是小月涨红着脸，羞涩地答应了。不过，小月补充说，自己离法定结婚年龄还差两天。

阿源一听，轧出了苗头，晓得小月把"明年"错成了"明天"，便顺水推舟，也不揭穿。等到了第三天，小月法定年龄到的那天，两个年轻人高高兴兴去民政局领证了。几年过去了，小月还是有那么点马大哈的样子，阿源却从不计较，在他的心里，这个才是小月最可爱、最迷人的优点呢！

原载 2019 年 4 月 24 日《新民晚报·夜光杯副刊》

野豁豁

野豁豁，是一句上海话，用最近几年盛行的网络语言解释，叫奇葩。生活中，有很多故事，很多现象，甚至很多言行举止，用正常的思维是根本无法理解的，更不要说用社会道德来衡量了，这就是野豁豁了。

比如中原某地，一群大妈居然带着音响跑到一家医院的住院部大厅里跳广场舞去了，劝也劝勿听，赶也赶勿走。这让住院的病人怎么好好休息？上海也曾有一些阿姨爷叔跑到烈士陵园里大跳广场舞，音乐声哇啦哇啦，这让烈士们如何安息？最野豁豁的是，有的阿姨"头皮撬"，强词夺理："烈士们打江山就是为了让我们老百姓过上美好幸福的生活，我们跳舞也是对烈士的告慰，他们看到我们活蹦乱跳身体健康也就放心了。"

有的野豁豁，是因为脑子一时"短路"。前两天上班，同事彪哥捧来一箱饮料，分发给大家喝。同事们"一头雾水"：结婚发喜糖，生娃发红蛋，今天发饮料，算啥名堂？彪哥说：女儿的班主任布置的课外作业，明天上学每人要交30只饮料瓶盖，用于手工课。"勒么桑头"来一记，啥地方去收集这么多瓶盖？只好请大家免费喝饮料，别的没要求，只是请各位下班前喝掉，把瓶盖还我，拜托啦！

据彪哥讲，有的家长节约，准备去垃圾桶里翻找。当然，大白天不好意思的，打算月黑风高、夜深人静的时候，"悄悄地进村，打枪的不要"。彪哥还讲，这不算最野豁豁的。有一次，老师要求小朋友用硬纸板搭建小房子作为工艺美术作业。小朋友每天语数外作业做得"稀里糊涂"，哪有闲工夫做其他事情，任务自然落到爷娘身上。有的家长怕烦，直接跑到寿衣店买来纸屋充数。寿衣店老板一打听，想不到纸屋竟有这个额外功能，便说要托关系找个学区房当门面，开家分店，专门卖纸屋呢！

办公室里的同事为彪哥的故事争得面红耳赤，有说真的，有说假的。小亭说，这种脑子"短路"的老师"勿要太多噢"。前两天有个班主任叫学生回家数一亿粒大米装袋带到学校去，还把任务单用微信发到家长群里，希望家长协助。家长群顿时炸开了锅，有的问，老师侬晓得一亿粒米要数多少辰光哦？每天不停地数也要数三百多天啊！有的问，老师侬晓得一亿粒米要装多少袋哦？八百多袋啊！呒没集装箱哪能带到学堂里厢？有愤怒的家长把这件事捅到网上去了。同事们上网一看，哟，是真的。

有的野豁豁，不是脑子一时"短路"，而是根深蒂固，三观出了问题。那天去人民广场相亲角采风，那里"轧"满了为子女相亲的老爸老妈，墙上挂的，伞上贴的，手里举的，都是征婚小广告。有个阿姨手里举着纸条，上面写着为儿子征婚的条件：属羊的免谈，漂亮的免谈，二本的免谈。为啥属羊的勿要?阿姨讲,民间有讲法:男属羊"吃得开",女属羊"最作孽"。什么乱七八糟的说法,一点科学依据也呒没!为啥漂亮的勿要?人家求之不得呢。阿姨讲,太漂亮的容易出花头!为啥学历要嘎讲究,二本勿要,一本还要985、211?阿姨讲,阿拉儿子斯坦福博士生,两个人知识层次如果相差太大,缺少共同语言,婚姻基础不牢靠。但是,阿姨侬以为是招公务员啊,学历不等于知识侬晓得哦?有的人学历高但呒没知识,有的人学历不高但很有知识。马云杭州师院毕业,论档次,二本勉勉强强,但马云把事业做得风生水起,哈佛毕业的也不见得有马云"结棍"!阿姨听后,眼乌珠巴瞪巴瞪,不晓得哪能回答。

虽然婚姻是私事,旁人不好多啰嗦,但太野豁豁的要求,必定成为人们茶余饭后的笑料。朋友阿桑讲,他们小区里一个姑娘二十出头,却非要嫁给六十岁老爷叔,因为老爷叔做生意,钞票"麦克麦克"。小区里邻居开玩笑:"老司机开新车喜气洋洋,旧活塞新气缸运转不畅。"

另一个朋友阿辛说,自己女儿三十好几了,就是不谈朋友、不结婚,作为父母的总要"啰里巴嗦"。逼急了,宝贝女儿讲:"结婚结婚,侬不就是要传宗接代吗?我明天就飞纽约,那边精子库里哈佛、耶鲁的精子随便找,都是高智商,又是混血的,保证'弹眼落睛'!"气得阿辛拍案而起:"勿结就勿结,阿拉勿会逼侬去养个勿晓得老爸是谁的混血儿,侬也太野豁豁了!"

原载2019年5月6日《劳动报·文华副刊》

难忘难舍是儿歌

人这一辈子,总有难忘难舍的情结,比如母亲的胸怀、父亲的背影、恋爱时的拥吻、陌生人的微笑,甚至一本书、一首诗、一段旋律,还有那熟悉的儿歌和童谣。

说起儿歌和童谣,没有一个人可以忘得"净荡光"。不管侬出生在上只角还是下只角,不管侬是教授的女儿还是农民工的子弟,谁都听过或者唱过"摇啊摇,摇到外婆桥,外婆叫我好宝宝……"外婆,成了众多海派文化中的一个标签。"交关"阿姨爷叔回味起"外婆红烧肉"的"米道",依旧"馋吐水"答答滴。饭店的菜单上要是少了一道"外婆红烧肉",好像缺少了海派文化底蕴,有点拿勿出手了。其实,在"外婆"的文化里,最最基础也是最最广泛的还是那首"摇啊摇"的童谣呀!

儿歌和童谣不仅仅随口哼哼唱唱,而是足以影响人的一生。我问过很多朋友,谁是你的启蒙老师,十有八九会说,爸爸妈妈是启蒙老师,但爸爸妈妈的启蒙教育又往往是通过儿歌和童谣进行的。妮妮说,从小妈妈教我唱"我在马路边捡到一分钱,把它交到警察叔叔手里边……"于是知道了要做个拾金不昧好小囡。阿奇讲,从小外婆教我唱"找呀找呀找朋友,找到一个好朋友，敬个礼呀握握手，你是我的好朋友……"从此懂得了待人要友爱和文明礼貌。敏敏说，从小老爸教我唱"我们的祖国是花园，花园里花朵正鲜艳，温暖的阳光照耀着我们，每个人脸上都笑开颜，娃哈哈娃哈哈，每个人脸上都笑开颜……"就这样，爱国的种子深深埋在幼小的心灵里了。娃哈哈，原来这个品牌来自这首儿歌。

儿歌和童谣除了教你做人，还有反映生活情趣、传播百科知识、启迪儿童心智的作用。津津讲，从小妈妈教我唱的"采蘑菇的小姑娘"就很有生活气息，通过歌词又晓得了要拿劳动的成果与小朋友们分享，学会分享才是幸福的。阿得说，阿拉外婆教的童谣我一辈子也勿会忘，"小兔子乖乖，把门儿开开，快点儿开开，我要进来；不开不开就不开，妈妈没回来，谁叫也不开……"所以，阿拉从小就懂得了防范坏人、保护自己的重要性。成成讲得最发噱，阿拉外公教会我一首弄堂童谣，"冬瓜皮西瓜皮，小姑娘赤膊老面皮"，很有生活情趣，从中感悟到做人要遵守公序良俗的道理。"边廊厢"阿鹏插嘴开玩笑，现在儿歌童谣唱得少了，难怪懂文明礼貌呃小姑娘也少了，勿要讲小姑娘赤勿赤膊了，连大姑娘也越穿越少了，衣裳穿得像"吊八筋"，袒胸露背，大热天马路上飘来一股"肉夹气"哦！

儿歌和童谣为啥深受小朋友喜爱？因为诙谐幽默、音节和谐，易记易懂、朗朗上口。芹芹说，最幽默的儿歌是"两只老虎两只老虎，跑得快跑得快，一只没有耳朵，一只没有尾巴，真奇怪真奇怪……"芹芹把小辰光学到的儿歌和童谣"夯巴郎当"全部教给了宝贝女儿,让孩子在儿歌和童谣中学会成长,懂得做人的道理。现在,芹芹的女儿已经读小学五年级了,聪明、文静、懂礼貌,学习成绩保持在全年级前五。芹芹的观点是,小朋友在成长过程中,什么阶段该学什么知识,做家长的心里要"煞煞清",既不要超前也不要滞后。

芹芹的闺蜜宁宁的儿子跟芹芹女儿差不多大,幼儿园时就到处学英语,背单词,请外教,后来又背古文、学奥数。表面上看,赢在了起跑线,但因为"阿宝背书",前背后忘记,又明显缺少童年乐趣,最终引发了孩子的逆反心理,到了初一成绩一落千丈,再要追回来好比板凳上睡觉——难翻身啊!

一对闺蜜在引领孩子学习上走了不同的路径,得到了不同的结果。但芹芹讲,那些经典的儿歌和童谣好是好,可惜出现了断层,这些年新创作的适合儿童天性、易于传唱的优秀儿歌和童谣,几乎空白。看到过很多小朋友没有好听的儿歌可唱,却"老茄赛气"地唱起了"妹妹我坐船头,哥哥你岸上走,恩恩爱爱纤绳荡悠悠",还有边唱边跳"你是我的小呀小苹果,怎么爱你都不嫌多"。令人尴尬的是,在一些电视台举办的少儿歌唱比赛中,有些小选手唱的曲目却是《传奇》《因为爱情》,最莫名其妙的是乳臭未干的小屁孩唱的却是《等你老了》。看着这样的情形,真的有点心痛。不怪小囡,怪只怪好的儿歌和童谣实在少得有点"肮三"。

原载 2019 年 5 月 27 日《劳动报·品位周刊》

心急吃不了热豆腐

有的人想成名，画了几天画，练了几天书法，就打算开书画展、出书画集了，老师就会告诫他"心急吃不了热豆腐"；有的人想一夜致富，买过几张福利彩票，就埋怨怎么老是中不了百万大奖，同事就会开导他"心急吃不了热豆腐"；有的人谈了几天恋爱，就想着马上结婚，朋友们就会嘲讽他"心急吃不了热豆腐"，随后加上一句"侬要么'热昏'"！

心急吃不了热豆腐，这是来自生活的哲理。很多事情，确实勿好"急促乌拉"的，要静观其变，慢慢来。一口吃不了胖子，一夜也减不成肥。我们看乒乓球比赛，老有十几大板的情景，照理远离球台一方，一板一板把球回过去，处于守势；而杀气腾腾把来球一板一板狠命扣回去的一方，属于攻势，赢面更大。可为啥往往是进攻方反而容易输球呢？原因就在于进攻方扣了几板，见一下子扣不死对方就失去了耐心，急躁之下，自然败下阵来。

因为心急而"闯穷祸"的也比比皆是。网上流传过这样的桥段，说一大妈在公园见有个大爷用水笔在地上练书法，因好奇便趋前"轧闹猛"。只见大爷用力写了个"滚"字，大妈想也许离得太近，影响了大爷写字，虽有不满也不计较，还悄悄退后一步继续观看。谁料大爷第二个又是"滚"字，这下大妈"躺势"了，飞起一脚踢翻大爷。大爷猝不及防，被踢得鼻青眼肿。随后警察赶到，问前因后果，大爷哭丧着脸说："我就想写'滚滚长江东逝水'，谁知道刚写了开头两字，就被她一脚踢倒在地，碰到'赤佬'了！"大妈一听大惊失色："怪我勿好，心太急了，以为是骂我滚呢，蛮好再捱一个字就勿会'闯穷祸'了！"在警察叔叔调解下，大妈赔了医药费、营养费，也算是花钱买了个心太急的教训。

其实，真实生活远比网上段子复杂百倍。马丁与艾米是外语系的金童玉女，偶尔还能看到他俩在校园小树林里一起散步、食堂里合伙吃饭、图书馆里同桌看书的身影。全校都以为马丁与艾米在谈恋爱，都以为爱的表白一定是水到渠成、三只手指捏田螺的事。马丁自己也"笃定泰山"。一天夜里，他招募来二十几位男生，在艾米的宿舍楼下站成心形，手捧点亮的蜡烛，齐声高唱张信哲的《求爱》，然后大叫："在一起！在一起！"而艾米始终没有露面。最后，五楼有女生不胜其烦，居然泼下一桶水，浇灭了蜡烛，也浇灭了马丁的心情。

知情人说，艾米就躲在宿舍里哭得稀里哗啦，不是感动，而是难受。第二天她写了长长一段微信给马丁，告诉他，阿拉还吥没长久的交往，只是初步互生好感，彼此缺少深入的了解。阿拉甚至连双方父母都还吥没去拜见，还吥没得到父母的祝福。婚姻不仅仅是两个人的结合，其实也包括双方家庭的融合。虽然比起闪婚，我们的交往也不算短了，但我的性格侬应该晓得，喜欢慢，喜欢静。是的，我是个传统的女孩，而你热衷追求虚幻的浪漫。所以，现在"在一起"还呒没到火候。

马丁的铁哥们看了艾米的这段留言，丢下一句话"心急吃不了热豆腐"，并拍了拍马丁的肩膀默默地离开了。其实，马丁如果静下心来好好体味艾米的话，应该明白，艾米的情感之门并呒没彻底关闭，她只是讲还没到火候。如果马丁有足够的耐心好好去爱，希望还是挺大的。

"心急吃不了热豆腐"的反义词就是要有远见，不能目光短浅，光看到鼻子底下一点点利益。所以凡事不能太急，人生也需要"十三五"规划。不能"冬瓜皮西瓜皮，滑到阿里是阿里"。1995年，马云在美国西雅图第一次接触到互联网时，被深深震撼，想不到世界上竟有如此神奇的东西，瞬间就可以通过网络把全世界联系起来，让地球变成一个小小的村落。马云立志要开拓中国的互联网事业。1999年，他与志同道合的十八人组成创业团队，建立了阿里巴巴，目标就是全球最大的电子商务公司。恰在此时，互联网经济出现严重泡沫，而电子商务更是遭遇全社会非议。但马云呒没退缩，他一点不着急，因为他看到的是互联网发展的远景，因为他坚信电子商务"寂寞的山谷的角落里野百合也有春天"。如果马云当初心急一点点，那么就不会有今天的阿里巴巴，可能只剩一坨变了味的互联网"豆腐渣"了。

原载 2019 年 6 月 24 日《劳动报·文华副刊》

扎台型

北方话说摆谱，上海话叫扎台型。台型原指演员在舞台上的表演形象、艺术造型，如果胜人一筹，就叫扎台型。上海人移花接木，把这个词用到了生活中，成了扎面子、出风头、别苗头的代名词。比如早些年，纺织厂团委在森林公园组织"八十年代新一辈"联谊活动，精纺车间的珍妮，带来一只"四喇叭"放音乐，有些只有"两喇叭""一喇叭"或者没"喇叭"的车间小姐妹就会"嘲叽叽"："算伊拉老公是国际海员，稀奇勿煞了，扎啥呃台型啦！"珍妮听说后，气得"刮刮抖"，跟闺蜜说："我又勿要扎台型啰，是团委书记叫我带'四喇叭'的呀！"

那个年代，穿喇叭裤、拎"四喇叭"，把邓丽君或者卡伦卡朋特的磁带放得震天响，走在马路上，回头率高得"赫瓦宁"（沪语，意很厉害），绝对扎台型哦！后来，扎台型的是"大哥大"。最早的一部摩托罗拉大哥大，黑乎乎的，笨重得要"西"，价钿又"巨"。关键还"交关"吃香，不开后门很难买到。所以，那辰光，大哥大成了身份的象征。生意场上，谈判桌上，不搁一部大哥大，好像贵公司没啥实力，老"坍招势"呃。那时的乍浦路，是上海改革开放后第一条美食街，成为时尚地标，就像今天的"新天地"。乍浦路上经常有开着摩托车的骑手呼啸而过，但他们牛仔裤的屁股袋里必定塞了一只天线翘在外面的大哥大，比今天开着兰博基尼敞篷车兜风还要拉风。

弄堂里的阿七头，开一辆助动车，屁股袋袋里也老是塞着一部大哥大。助动车"噗噗噗"开进弄堂时，后弄堂亭子间阿婆正被左邻右舍七手八脚抬出来。阿七头凑上前去一看，吓了一大跳，只见亭子间阿婆面无血色，苍白憔悴。无锡阿姨问，救护车叫了哦？宁波阿嫂说，弄堂口公用电话打勿通，只好到马路上拦车子了。有人看到阿七头的大哥大了，就大声叫道："快用阿七头大哥大打呀！"阿七头听了大惊失色，忙用手掌捂牢后屁股，拼命叫着："勿来赛，勿来赛！"邻居们纷纷指责阿七头"嘎小气"，山东爷叔直接动手去抢大哥大，阿七头惊恐万状，大叫："勿是我小气，迭只大哥大勿好打电话，摆摆样子呃，是玩具！"

原来，阿七头为了扎台型，托人弄了一只假的大哥大。没想到，这次台型没有扎到，倒是招势坍足，由此成了弄堂里厢流传二十多年经久不息的笑话，后来又留下打油诗一首："阿七头呒轻头，大哥大摆噱头；勿好用掼浪头，扎台型跌跟斗。"

喜欢扎台型的人，往往精神空虚，缺乏自信，于是就靠炫耀来给自己壮胆。我认识一个朋友，在政府部门当领导，人称王局，前年因经济问题被判了十二年。据说，东窗事发的主要原因，是丈母娘欢喜扎台型。丈母娘退休后无所事事，迷上了搓麻将。开始小来来，叫作"卫生麻将"，后来稍微放开些，输赢好几百元。麻将台上,"牌搭子"们热衷"嘎汕胡",话题无非就是"2号楼301室婆媳昨天夜里又吵相骂了""5号楼806爷叔老清老早中风送医院了""听说明年物业费又要涨了"……而王局的丈母娘"鲜格格",开口闭口"阿拉女婿到底是当领导呃,天天有人来送礼,一夜天好几批。西洋参当萝卜吃,大闸蟹当蟛蜞吃,LV当马甲袋买小菜,茅台酒当料酒烧小菜"。说者无意,听者有心。当丈母娘跟牌友为了输赢吵翻天之后,一封举报信寄到了纪委。扎台型像一把匕首,这一次扎到心里去了。

  大人的言行,总是潜移默化地影响着孩子们。同事阿昌,儿子军军读小学二年级,每天上学放学都是阿昌开车接送的。阿昌的座驾是一辆白色的宝马X5,军军的习惯是差不多到了学校门口了,就摇下车窗,看到熟悉的同学兴奋地叫着,然后没等车子停稳,就"急吼拉吼"打开车门跳下车,欢快地追逐同学去了。目的就是为了引起小朋友的关注。有辰光,阿昌没空,接送任务就交给了军军的爷爷。爷爷是骑电瓶车的,军军老是在离开学校还有一条横马路辰光叫爷爷停下来,他宁肯走一段路,也不想让同学们看到他是坐电瓶车上学的。放学辰光,军军告诫爷爷不要到校门口接他,要爷爷等在远一点地方。

  阿昌说:"小赤佬蛮要扎台型呃!"我讲:"这种倾向要趁早抓,再晚抓就麻烦了。"

原载2019年7月22日《劳动报·文华副刊》

舌尖上的夏天

夏天来了，酷暑难耐，连非洲朋友都在抱怨上海的天气热得来"吃勿消"。来自赤道几内亚的留学生亚的斯亚贝巴说："你们都以为非洲很热，以为我们非洲人的皮肤是被太阳晒黑的，其实非洲有很长的海岸线，海风吹拂，比上海凉爽多了。"说完又加了一句经典的上海话："朋友帮帮忙，勿要搞七捻三噢！"

放暑假了，老底子功课呒没"嘎西多"，薄薄一本暑假作业三四天就完成了，小朋友可以尽情"白相"了。"白相"到汗水淌淌滴，就动脑筋降温。当时呒没空调、电风扇，缠着爷娘要铜钿去买根光明牌棒冰。棒冰的品种还是蛮多呃，橘子棒冰、赤豆棒冰、盐水棒冰等等。即使四分一根棒冰，也是"难板"解解馋，更勿要讲八分一根奶油雪糕了，就像今天吃哈根达斯，勿是"阿狗阿猫随便吃吃"的。头子活络的"小鬼（沪语读举）头"专门跑到弄堂口烟纸店，央求老板娘从棉花胎包裹着的棒冰箱里翻找断了棒头的棒冰，只要三分钱，省下钞票积少成多，或者干脆直接在老板娘那里再买一包用黄草纸包成小三角包的咸萝卜干，咸是咸得侬舔一小口都会皱眉头，但必须承认，舌头经这么一刺激，全身凉快。

弄堂里很多小朋友爷娘在工厂上班，一到夏天，厂里经常会发一些盐汽水给工人防暑降温，但做爷娘的哪里舍得自己享用啊，下了班都悄悄地带回屋里厢。所以，小朋友会算好爷娘下班辰光，等在弄堂口，一看到熟悉的身影出现在视线里，就欢快地飞奔过去，"急促乌拉"地从爷娘背包里翻找出盐汽水，然后捧在胸前，雄赳赳气昂昂地走回家去。这一刻，是最"扎台型"的，做爷娘的也是最满足、最幸福的。我的发小阿唐到现在都说，小辰光盐汽水比正广和橘子水还要好喝，那种沁人心脾的凉丝丝感觉一辈子都忘不了。

西瓜是夏天消暑的最好水果，但那时物资供应紧缺，西瓜是需要凭医院病历卡证明的，只有发烧到 38 ℃才可以买一只。而善于持家的家庭主妇会想方设法像变戏法一样，隔三差五就变出一只西瓜来。老弄堂里阿三头娘，浏河乡下有亲戚，过两三礼拜就会去一趟浏河，第二天拎回两只大西瓜。然后把西瓜放在铅桶里，用粗绳吊放到井水里浸泡。等晚上阿三头爷下班回家，吃完晚饭，全家老老少少围在一起，切开西瓜，一人一块，咬一口，比现在冰箱里冰镇过的米道，一点也勿"推板"。

阿三头娘还时不时地烧一镬子百合绿豆汤。到了下半天，几个"小鬼头"一人喝一碗，有辰光阿三头娘会叫阿三头去买来"断棒冰"放在绿豆汤里，既降了温又增加了甜味，一举两得。阿三头讲，夏天最开心了，吃的东西多，花头经透。

这就是舌尖上的夏天，不仅小朋友吃得开心，大人们同样吃得"焐心"。在大人们的心底，最消暑的非啤酒莫属。但那年代,啤酒并非随便可以买到。不过,有一种散装啤酒,每天下午跟酒水车差勿多样子的槽罐车会嘟嘟嘟准时运来,随后停靠在饮食店门口,从车上拉出一根粗壮的橡皮管子,接入饮食店啤酒桶里,打开笼头,啤酒就源源不断地流入桶里了。

饮食店门口早已排起了长龙,附近的居民们手提热水瓶、铜吊、钢盅镤子准备装啤酒,排队的人,不管认得勿认得,都在叽叽喳喳高谈阔论晚上准备啥呃下酒小菜。

到了夕阳西下,弄堂里、晒台上,早已支起了小桌子,摆上了男人们的夏日美味。菜肴各式各样,丰俭随意,但男人们心头最爱的夏天下酒菜还数糟毛豆、糟凤爪。石库门的生活呒没隐私可言,哪家经济拮据,哪家比较阔绰,谁家阿嫂厨艺精湛,谁家阿姨厨艺"烂糊三鲜汤",夏天的弄堂里兜一圈,一目了然。不像现在,房门一关,老死不相往来,隔壁姓啥叫啥天晓得。

有一点,我一直不明白,男人们为啥要乐此不疲,天天喝酒?前些天跟朋友小聚,我还发出这一疑问,朋友说:太太花了两个多钟头准备了一桌好菜,侬勿喝点酒,十分钟吃完了饭,对得起太太的付出哦?如果喝点酒,边喝边跟太太"嘎嘎讪胡",顺便夸夸太太小菜烧得"米道赞",这是对太太的尊重。而且,老酒咪咪,毛豆剥剥,凤爪啃啃,螺蛳唆唆,工作的疲惫、生活的烦恼,统统抛到九霄云外了。这是迄今为止我听到的关于男人为啥天天喝点老酒的最美丽的"借口"了。

原载 2019 年 8 月 5 日《劳动报·文华副刊》

习惯成自然

每个人由于认知、学识、修养及长期的生活、工作、环境不同，会养成不同的习惯。习惯，当然有好习惯，也有坏习惯。习惯形成性格，性格决定命运。

微信群里，"一声叹息"老是埋怨自家的孩子起床慢、吃饭慢、做作业慢，还给孩子起了个绰号叫"慢"彻斯特，简称"慢"联；而"时来运转"则天天晒女儿优秀表现，功课样样领先，琴棋书画也十分了得，最近还参加了"半马"，进入少年组前十。"时来运转"说，女儿养成了好习惯，每年制定目标，不达目标决不罢休。所以，习惯对孩子的成长很重要。不输在起跑线上，其实就是不输在习惯的养成上。

习惯有辰光就是一种坚持。许多成功人士之所以成功，表面上好像来自机遇，其实是他自己的坚持。因为机遇是不会等人的。侬不坚持，机遇到来之前侬或许就已经垮掉了。马云小辰光颜值确实蛮"吃老酸"呃。他立志要学会英语，吭没一个小伙伴相信他。但马云坚持每天放学去西湖边找老外用英语"嘎讪胡"，锻炼口语。"脱班"一天就心里"空荡荡"，因而养成了习惯，并且坚持了下来，最后侬看马云，英语流利，口若悬河，侬买账哦？

阿拉小区里有个老爷叔，宝贝女儿留学澳洲，毕业后在悉尼站稳了脚跟。在上海，老爷叔跟老伴每天买买菜、烧烧饭、打打拳、跳跳舞，过着平凡的老年版的两人世界。不幸的是，前几年老伴因车祸离世，留下他孤独一人。老爷叔整天心里"苦叽叽"，眼睛"停快快"，生活"乱糟糟"。去年在朋友的劝说下，养了一条小狗，从此"捧在手里怕掉了，含在嘴里怕化了"，屋里厢有了生机。每天清晨牵着小狗散步成了习惯，哪怕天气再"推板"，也要定时遛狗，好像上了发条的时钟，不差分毫，准确无误。那天冷空气南下，突然雨雪交加，但"老清巴早"就看到老爷叔穿着厚厚的滑雪衫，戴着口罩，撑着伞，准时出门遛狗了。问他为啥勿停一天，他乐呵呵地说："狗狗习惯了，我也习惯了。"

确实，一旦习惯养成了，改也难。所谓江山易改禀性难移。老弄堂里阿三头，小辰光屋里厢钞票"紧巴巴"，每天上学前，用开水把隔天冷饭泡一泡，两根酱菜，"呼噜噜"一碗泡饭下了肚，然后嘴巴一抹，蹦蹦跳跳读书去了。要是哪一天，吃泡饭的小菜变成半只咸蛋，或者半根油条，那简直是神仙过的日子了。后来，阿三头长大了，改革开放了，顺水推舟下海了，成了董事长了，没人叫他阿三头了。

成了董事长的阿三头，西装笔笔挺，皮鞋锃锃亮，洋酒红酒随便喝，山珍海味敞开吃，但是，那么多年了，早上吃泡饭的习惯却始终呒没改变。他说："勿晓得啥道理，早上厢只有吃碗泡饭，迭只胃才适意。"

还有一种习惯万万要不得，那就是坏习惯。养成坏习惯，人生就算完蛋了。朋友的朋友叫四眼，本来有一份很体面的工作，在广告公司画画，娶了个太太漂亮又贤惠。后来，勿晓得阿里一根筋搭牢了，沾染了赌博恶习，混迹于棋牌室，甚至一些地下赌场。只要有赌，眼睛发亮，像打了鸡血。太太苦口婆心劝不回，小吵天天有，大打三六九，输得"一天世界"，连房子也输掉了。

四眼发过誓，斩过手指，再也勿赌了。但好了伤疤忘了痛，没几天又重上"赌场"了。他说，摒勿牢，习惯了，一天不赌"心痒痒"。太太实在没办法，狠狠心带着孩子与他一刀两断，从此"浑身勿搭界"。他自己无家可归，每天混在"蹩脚"的小浴室里，穷得"叮当响"，再也呒没人找他赌博了。终于有一天，在郁闷和孤独之中，猝死在浴池里。

还有一个女"贼骨头"更奇葩，每天逛商场，看到好看的衣裳鞋子，就偷回家。一次，偷了一双皮鞋，回家试穿感觉小了一点，第二天居然拿着鞋子，胆大妄为去商店换尺码了。店老板一看，迭只面孔老"刮三"呃，于是一把捉牢。警察押着女"贼骨头"去她屋里厢搜查，结果搜出的衣裳、鞋子、包包"木佬佬"。警察很奇怪：侬开展览会啊？女贼交代：偷了十几年了，看到好看的东西就想动手动脚，习惯了，有"腻头"了，好比"老烟枪""老酒鬼（沪语读作举）"，戒勿脱了。

所以说，不怪天，不怨地，习惯好坏靠自己，命运掌握在手里。

原载 2019 年 9 月 16 日《劳动报·文华副刊》

勿识相吃辣火酱

做人要识相,"勿识相请侬吃辣火酱"。这是小辰光,所有大人都会对调皮捣蛋的"小鬼(沪语读举)头"发出的警告,效果还是蛮灵呃。过街楼苏北爷叔的儿子,读书成绩老是在班级里排名倒数第一第二名。开始苏北爷叔并不知情,后来老师家访告状,这才晓得自家"小把戏"在学校这副"佘头势",于是每天严加教育,作业勿做好绝对勿准出去"白相"。苏北爷叔每天的口头禅就是"勿识相请侬吃辣火酱"。

苏北爷叔勿是信口开河随便讲讲的,光起火来,"小把戏"吓得"刮刮抖",从此变得识相了。弄堂里的邻居都晓得,"小把戏"白相心思蛮重呃,但小聪明也是有的。一年半载之后,"小把戏"读书成绩突飞猛进,班级排名进入前十名了。中考时考入区重点,高考也考了个二本。苏北爷叔屋里厢祖祖辈辈出了这样一个"状元",开心煞了,逢人就发喜糖。在家里,从前弄堂发到后弄堂;在单位,从车间发到食堂。当大家夸奖"小把戏"聪明时,苏北爷叔总是表扬自己教育有方,说全靠那句口头禅,"勿识相请侬吃辣火酱"。

识相勿识相,用上海话解释,就是要会看"山势",用普通话讲，就是要知趣。顺口溜说："十岁白相，二十卖相，三十亮相，四十吃香，五十识相，六十还乡，七十药箱，八十回想，九十梦想，百岁装箱。"其实有些人勿要讲五十识相了，一辈子也勿会识相，教也教不会。朋友阿俊前些年因为老宅拆迁，搬到了郊区，上下班不方便了，于是咬咬牙买了一辆新车。第一天开车上班，办公室同事晓得后都去停车库"参观"，点赞阿俊的车漂亮。隔壁办公室的小美女也来"轧闹猛"，并跟阿俊开口道："我跟侬同路，以后我上下班就搭侬车啦！"真是心直口快，当天下班她居然候在了阿俊办公室门口。从此以后，两人几乎同进同出，成了公司里的"花边新闻"。

起初阿俊也是有想法的，都是有家室的人，每天这样，算啥名堂？万一被太太撞见，跳进黄浦江也讲勿清爽，但断然拒绝又实在开不出口。小美女呢，真是勿识相，搭就搭了，却从来没说过一句谢谢，好像名正言顺、理所应当，还"像煞有嘎事"，每天大大咧咧坐在后排。同事看不下去，就私下里跟阿俊咬耳朵："搭车要识相，坐后排好像摆领导派头嘛！"最让阿俊勿适意的是，小美女坐在后排，哇啦哇啦电话打个不停。一歇歇打给闺蜜，说上个礼拜在港汇买了两只黛安芬，买一送一。一歇歇又打给老公，问老公今天是啥日子还记不记得？老公猜了半天猜勿出，她就发嗲："侬忘记啦？是阿拉第一次约会的纪念日呀！那天在静安公园见的面，随后又去吃了九井的日料。一大盘刺身上桌时，侬还帮我拍了好几张照。"

阿俊叹苦经："这么私密的话当着我的面讲，真把我当网约车司机了!"阿拉就跟阿俊出主意,以后下班就讲:"不好意思,今晚我出去应酬,呒没办法顺路了。"几次一来,她就识相了。

还有一种勿识相,叫以貌取人。朋友阿炎是一家文化创意公司老板,有一天心血来潮跑到离家不远的奥迪4S店,想把自己的老奥迪换一辆Q7。因为是休息天,又离家不远,所以随意穿了一套居家休闲装。进了店,那些西装革履的汽销人员却没有一个迎上前来接待,把他晾在一边。相反,"隔手"进来一个拎着公文包的人,销售员们点头哈腰,争着接待。气得阿炎"调枪头",跑到斜对面的4S店,去买奔驰了。

奥迪店的销售经理晓得后,在第二天的晨会上大光其火:侬勿要老传统、老眼光看人了,现在啥时代啦,要与时俱进,懂哦?侬以为西装革履就一定有"立升"啊?不一定!马路上,大热天也西装笔挺,勿怕焐出痱子的,不是乡镇长就是房产中介。风水轮流转,时尚轮流翻。现在是有钞票的穿布鞋,呒没钞票的穿皮鞋;有钞票的吃野菜,呒没钞票的吃荤菜;有钞票的屋里厢踏脚踏车,呒没钞票的马路上踏共享单车。以后,侬要眼乌珠睁睁大,要学会"看山势",每一个客户,勿管大生意还是小生意,都是阿拉衣食爷娘,都要好好接待。哪怕勿买车子,参观参观,也要好好接待。今天不买,不等于以后不买。这叫潜在客户。勿要勿识相,"啥宁勿识相,请伊吃辣火酱"!

原载2019年9月22日《新民晚报·星期天夜光杯》

城市的温度

一个城市的精神、文化、情怀、开放、包容，就是城市的温度。

八月，又一个高温天，上海的地面被火辣辣的太阳照得滚烫。一个从偏远的佳木斯来上海的小伙子，用尽了盘缠却继续奔波在寻找打工机会的路上。一早出来，记不得已经走了多少条马路，东北小伙又饥又渴，想买瓶水喝，可是袋袋"瘪塌塌"。突然，看到斜对面有家面馆，小伙便"面皮老老"，走进面馆向端菜的阿姨讨杯水喝。阿姨很爽快地答应了。

正当东北小伙喝完水准备离去时，阿姨又像变戏法一样端上一碗面来。小伙嗫嚅地说自己囊中羞涩。阿姨说呒没关系，这碗面阿姨送你的。小伙说以后有了工作一定来还钱。阿姨说一碗面条不用记在心里厢。

面馆隔壁小区里的一个阿婆也在吃面，听到东北小伙与端菜阿姨的对话，明白了一切，于是对小伙讲，阿拉女婿是开工厂呃，我叫伊介绍侬去打工。小伙眼睛一亮。阿姨开玩笑说，侬女婿听侬哦？阿婆回答"刮辣松脆"：丈母娘闲话伊敢勿听？

东北小伙走出面馆时，精气神又回来了，大太阳照得心里暖洋洋的。

人与人之间的关心、关切、关照、关怀，是最好的心灵慰藉。一句甜甜的话语，一个小小的举动，都能产生巨大的能量，给人以温暖。阿阳开了二十年出租车了，阅人无数，社会经验丰富得"吓煞宁"。一天，从万体馆上来一个小姑娘，二十几岁的样子，坐在副驾位子上，一路哭得稀里哗啦。阿阳问："出了啥事体，需勿需要帮忙？"小姑娘就是勿开口。阿阳循循善诱："侬哭得嘎伤心，我也很心痛。从年龄上讲，我是大叔，走过的桥比你走过的路都长，吃过的盐比你吃过的饭都多，我们找个地方聊一聊，让我试试解开侬呃心结。"

很快，阿阳带着那女孩来到星巴克。半个多小时后，女孩走出星巴克时，已经有了灿烂的笑容。原来，女孩失恋了，心里"觅势"，从遥远的兰州来到上海，准备最后看一眼外滩的美景，然后跳黄浦江告别人生。阿阳以自己的经历劝慰女孩，没有人能保证谈一次恋爱就一定要成功，人生路漫漫，前面有更美的风景等着你。

一杯醇厚的咖啡成了抚慰心灵的良药。其实，还是兰州女孩说得对，阿阳的话语比咖啡的味道更醇厚。

城市的温度，有辰光像嚼檀香橄榄，刚入口感觉有点怪怪的，之后越嚼越有沁人心脾的回味。陈晨和安娜是一对新婚不久的新人，前不久为了一点鸡毛蒜皮的小事，大吵一场。气头上的安娜狠心掼出两个字："离婚！"陈晨勿买账，掼出三个字：

"离就离!"话音未落,匆匆起草了一份离婚协议,驾车直奔区民政局而去。

路上,陈晨有点后悔的,但为了面子又不想服软。安娜同样如此。到了民政局,两个人的"腔势"被办事的阿姨看穿了。阿姨不冷不热地讲:"电脑坏了,明天再来。"陈晨和安娜马上"滑脚"。车子上,安娜先开口:"迭个阿姨面孔蛮'刮三'呃,态度嘎'推板'。"陈晨讲:"我看阿姨是故意讲电脑坏忒了,是想赶阿拉回去冷静冷静,挽救阿拉婚姻。其实,我是勿想离呃!"安娜羞涩地一笑:"侬以为我想离啊,都怪气头上头脑发热呀!"安娜说完想跟开车的陈晨亲热一番,陈晨大叫一声:"当心探头,现在都是高清探头,侬迭种动作属于影响驾驶安全,扣三分,罚两百。"

阿姨的处理方式不露痕迹,却有着四两拨千斤的力量,这样的温暖一定会深深烙印在陈晨和安娜的一生一世里的。

都说上海人排外,上海的城市精神是海纳百川,是包容,怎么可能排外?排外的只是很小一部分,他们不代表上海。那天在地铁车厢里,两个刚下了工地的民工,穿着油腻的工作服,不敢坐到座椅上,在车厢的连接处席地而坐,一对小情侣手拉手走过时,鄙夷地哼了一声"乡窝宁"。边上一位上海老爷叔气得"阿噗阿噗",出来打抱不平,把小情侣臭骂一顿:"呒没这些乡窝宁,房子啥宁造?垃圾啥宁扫?马路啥宁修?早饭啥宁卖?侬切西北风去啊!上海宁往上数数,上一代,再上一代,或者再再上一代,统统侪是乡窝宁!"听到老爷叔慷慨激昂地数落，周围乘客情不自禁鼓起了掌，连连叫好。那两个民工也激动地拉着老爷叔的手久久不放，说："上海这座城市真好！上海有你们这样的市民真好！"

原载 2019 年 10 月 14 日《劳动报·文华副刊》

洋女婿

改革开放带来的好处是,中国融入了世界,世界对中国也有了更多的了解,连民间的交往也变得轻松而亲切。

20世纪80年代,弄堂里的玲玲巴拉巴拉东渡日本去打工,第二年带回来一个叫次郎的日本女婿,成了整条弄堂里的轰动新闻,邻居们"轧闹猛",围在玲玲家门口看"西洋镜"。没住满一个礼拜,次郎便拖着玲玲逃回札幌去了。天天被邻居们围堵很不习惯,而最让东洋女婿"吃勿消"的是,屋里厢没卫生设备,老清巴早一声"倒马桶,马桶拎出来啦",吓得次郎"刮刮抖"。

二十多年后,当玲玲和次郎再回到上海,眼面前的景象已经不敢相认了。老弄堂早就拆了,成了街心花园。玲玲爷娘住进了高楼大厦,三房两厅,不仅不用倒马桶了,而且卫生间宽敞,设备齐全,抽水马桶用的还是智能型的,用完厕可以自动冲洗并调节水温。次郎最喜欢趴在阳台的栏杆上,看鳞次栉比的楼群和五彩缤纷的夜景。次郎跟玲玲说:"哟西,太太,你的大大地漂亮,现在的上海跟你一样,也是大大地漂亮喽!"玲玲对爷娘讲:"眼睛一煞,老母鸡变鸭。早晓得上海变得嘎赞,当初做啥要作天作地借了钞票去日本?留在上海,老房子一拆,说勿定好多分一套房子了。"

上海毕竟是国际化大都市，据说，按比例，上海是全国涉外婚姻人口最多的城市。涉及的国家也是五花八门，连印度洋上一个叫马尔代夫的小小岛国，都有上海姑娘嫁在那里的。中外不同的文化基因，造成很多观念的冲突，要想婚姻美满，双方应当互相谦让，否则，难免闹出矛盾。老邻居朱阿姨的千金早些年在外资企业工作时，认识了一个叫汤姆的美籍主管，两人恋爱结婚后，朱阿姨经常"睏梦头里笑醒"，逢人就讲，阿拉洋女婿长得比《谍中谍》里的汤姆·克鲁斯还帅，而且跟阿汤哥一样也是巨蟹座，也是O型血。后来，洋女婿汤姆被调回洛杉矶总部去了，朱阿姨女儿成了"随军家属"。又过了两年，小贝贝出生了，一声召唤，朱阿姨屁颠屁颠远渡重洋做"老保姆"去了。

同一屋檐下，如何使中西文化避免"擦枪走火"这是一门学问。朱阿姨这代人，插过队，下过岗，摆过摊，艰苦的生活磨砺，养成了勤俭节约的习惯。美国的家是栋大别墅，房间多，汤姆大大咧咧惯了，从这个房间走到那个房间，从那个房间走到另外那个房间，只晓得开灯，从来勿晓得关灯呃。朱阿姨喜欢跟在洋女婿屁股后面一盏盏关灯。汤姆说，China妈咪，我们这里电费很便宜的，再说了，家里亮堂堂，前程无限好，以后不要"急吼吼"关灯好不好？汤姆情急之下，把从太太那儿学来的上海话都带出来了。朱阿姨嘴上答应下来，心里其实很"挖塞"。

丈母娘看女婿，越看越欢喜。朱阿姨也是，总想给洋女婿多一些母爱。每天临睡前，她会蹑手蹑脚地打开汤姆的房门，如果他睡了,就会帮他盖上羊毛毯,然后关上灯;如果女婿还在电脑前伏案工作,就会叮嘱一声早点睡吧。汤姆很不习惯,抱怨侵犯了自己的自由。见朱阿姨屡教不改,汤姆甚至警告,再发生此类情况就直接报警了。朱阿姨气得"眼乌珠翻白",骂一句:"狗咬吕洞宾,不识好人心!"

讲起洋女婿,老同学阿苹更加"躺势"。女儿嫁给了犹太人,有了外孙后,也是心甘情愿积极要求去以色列特拉维夫当家庭"志愿者"。开始与洋女婿相处,双方客客气气,但慢慢的"大吵三六九,小吵天天有"了。外孙发高烧,女婿把小家伙浸泡在浴缸里,冷水冲洗。阿苹一边"骂山门"一边把外孙抱起来,用毯子焐热。洋女婿为此"翻毛腔"。

在以色列,最让阿苹头痛的是饮食。有一天,阿苹实在"摒勿牢",跑到福建人开的超市,买来几只皮蛋。洋女婿看到后大发雷霆,痛斥这是全世界最恶心的食品,"墨彻里黑",垃圾食品,并且不由分说,统统掼到垃圾桶里去了。第二天,洋女婿买来机票,放在丈母娘床头柜上,并留了纸条,叫丈母娘卷铺盖走人,还变本加厉叫丈母娘别忘了把机票钱打到他的银行卡上。

当然,善于谦让的洋女婿也不少。他们辛勤工作,赚钱养家,带着太太、丈母娘到处"白相",每天像变戏法一样,买好吃的哄哄丈母娘,"花露水"勿要太"浓"噢!

原载 2019 年 11 月 18 日《劳动报·文华副刊》

舌尖上的冬天

北风凛冽,冬天来了。冬天也是一个吃的季节。

一到冬天,都喜欢"睏懒觉"。闹钟响了好几遍,再不起床上课就要迟到了。"小把戏"被伊拉娘拖出了"被头筒",刷牙洗脸,一分钟搞定。一碗热乎乎的菜泡饭已经端上了桌,"小把戏"呼噜噜一口气喝完,说了句"鲜得来眉毛落脱了",又用手在嘴巴上胡乱一抹,背起书包就冲出门去。"小把戏"娘跟在屁股后头"骂山门":"老清巴早充军去啊!"骂声响彻整栋石库门,从灶披间阿婆到三层阁爷叔都听得"煞煞清"。

老底子,上海人家的早餐基本都是泡饭,小菜勿是酱瓜就是腐乳。"难板"吃根油条,要用酱油蘸蘸呃,"舍勿得"吃,怪勿得到现在有些老爷叔吃油条仍然习惯蘸酱油。要是吃一副大饼油条,属于奢侈了;吃一客生煎,再来一碗咖喱牛肉汤,那就是神仙了。屋里吪没一点"底子",谈也勿要谈。

回头再讲讲那碗菜泡饭。一般人家用开水泡一泡冷饭就算大功告成了,而"小把戏"娘要放一点隔夜小菜,在煤球炉上煮热。最关键的"窍槛"是,放几粒开洋吊吊鲜。"小把戏"逢人就讲,冬天吃碗菜泡饭最暖胃了。如今成"老把戏"了,但吃菜泡饭习惯还保持着。

那年代,冬天暖胃的除了菜泡饭,还有烘山芋。小贩用柏油桶改制的炉子烘烤山芋,沿路叫卖。寒风劲吹,把小贩叫卖声吹得很远。早高峰路上,"佝头缩颈"的上班族买只烘山芋捧在手里,边走边吃。老弄堂里阿鹏有"敲定"了,隔三差五带女朋友去外滩"数电线木头",走"撒度"了,肚皮"咕咕叫"了,就买只烘山芋垫垫饥。一只烘山芋,阿鹏跟女朋友,侬一口我一口,亲热得不要不要的。好几次,被弄堂里的人"刮三"了,一传开,索性起绰号,把阿鹏叫成烘山芋了。

绰号传到阿鹏老娘耳朵里,就数落阿鹏:"以后头子要活络点,勿要盯牢烘山芋,可以调调花头,柴爿馄饨、排骨年糕侪可以呃呀!"

那年代,虽然大家都是三十六元工资,需要节衣缩食,但精明的上海人,为了满足舌尖的享受,冬天里会创意出各种美食来。比如吃剩下的淡馒头,又干又硬,弃之可惜,食之无味。于是,女生就会叫来闺蜜,打开炉盖,搁上火钳,馒头切片,放在火钳上烘烤,待到表面泛出金黄,就可以"米西米西"了。吃在嘴里,外脆里嫩,咬一口,满屋香喷喷。要是有麦乳精,泡上一杯,调一调,不比锦江饭店下午茶"推板"呃。如果临近过年,每家每户凭证可买几斤年糕,用年糕代替淡馒头,档次上了勿是一眼眼哦。或者买一盒鸽牌龙虾片,油锅里氽几片,含在嘴里,又脆又鲜,那味道跟现在红遍天的小龙虾有得一拼,这个下午茶就更加有"腔调"了。

老话说,穷,穷在债里,冷,冷在风里。上海的风虽然呒没北方"结棍",但北方干冷,上海湿冷,朔风刺骨的感觉好像更明显。寒风透过门窗的缝隙直往屋里厢钻,冻得"刮刮抖"。所以下班或者放学回家,人们最期盼全家老少聚在一起,快快吃上热菜热饭暖暖身子。大鱼大肉属于"棉花店着火——不谈了",只有吃年夜饭辰光才有机会"搭搭米道"。上海人家一般欢喜砂锅炖豆腐,热到烫嘴巴,几口下肚,浑身发热,从头顶热到脚底心,好比浑堂里泅浴,"扎劲"!

整个冬天,热豆腐成了御寒必备菜。老同学阿根伊拉娘烧菜"一只鼎",炖豆腐里除了常见的大白菜,还经常翻花样,有时放点粉丝,有时放点鸡壳,有时放点榨菜,有时放点蛋花,运道好呃辰光,买到肉骨头放进去,相当于吃"法国大菜"了。上海人欢喜吃豆腐的名声"响当当",所以上海滩有句"吃豆腐"的俚语,当然,意思变得有点歪。

阿根娘还时常烧一锅罗宋汤,其实这门手艺几乎所有的上海阿姨都"来赛"。最早是从逃难到上海滩的白俄人那里学来的,食材是洋葱、土豆、牛肉、番茄沙司,洋泾浜英语把俄罗斯读成罗宋,所以这个汤就成了罗宋汤。但计划经济时代,限于食材的短缺,上海阿姨创新地简化食材,她们用卷心菜取代洋葱,用红肠取代牛肉,用番茄熬制沙司,从而做成上海版的罗宋汤。

当然,现在条件好了,冬天暖胃、解馋的东西越来越丰盛,比如火锅就成了首选。冬天一来,上海的年轻人,不是在刷屏就是在涮锅,成为舌尖上的冬天新一景。

原载 2019 年 12 月 9 日《劳动报·文华副刊》

回家过年

天气冷飕飕,心情热乎乎。因为,快要过年了。

商场里全是兴高采烈采办年货的人,地铁里全是赶往车站机场的人,马路上全是行色匆匆急着回家过年的人。

每个人都有自己的家。或近或远,或大或小,或奢华或简陋。但无论如何,家,就是人生驿站、避风港湾。几乎每个人都有这样的感受,压力再大,心情再差,只要走进小区,抬头看到自家窗口透出的那束熟悉的灯光,"一股暖流涌心头,好像回到十八九"。

而回家过年的心情更为"急吼吼"。阿苏是四川来沪打拼的年轻人,眼看要过年了,却毫无动静。邻居老爷叔问他回家过年的火车票买了哦?为啥还不采办年货?阿苏装"野胡弹",支支吾吾。在老爷叔逼问之下,这才"竹筒倒豆子",讲了真话。原来,阿苏来上海当厨师,本想攒点钞票,过年回家时孝敬父母。不料,上个月餐厅倒闭,老板"滑脚"。这些天,阿苏和工友们为了追讨老板欠下的大半年工资在奔波,所以,再也吭没心情回家过年了。

阿苏说,身无分文没面孔见爹娘!老爷叔开导阿苏,有钱没钱都要回家过年,爷娘不是要儿孙个个光宗耀祖,不是要儿孙个个像马云那样钞票"麦克麦克",而是要看到儿孙健健康、平平安安。有家在，就有亲情在！说完，老爷叔摸出三千元私房钱，叫阿苏快点上网买车票、办年货，一定要回家过年。老爷叔说，过完年再回到上海来，重新找份工作。阿苏激动地用半生不熟的上海话夸赞老爷叔是"模子"。

其实，大多数上海老爷叔都是"模子"。朋友老潮，老母亲中风，卧床不起，吃喝拉撒全部要靠人帮忙，一家门忙得"团团转"。于是，年初时，老潮从保姆市场找来一个山东阿姨。这个阿姨手脚勤快，头子活络，不仅将老母亲服侍得清清爽爽，而且把屋里厢也打理得井井有条。更"结棍"的是，山东阿姨还会烧一手江浙家常菜。老潮本来在家里是"难板"喝点小老酒的，因为太太烧菜勿"来赛"。自从来了山东阿姨，天天像变戏法一样，变出各种下酒的小菜，老潮便顺理成章，天天老酒"咪咪"，小日子越过越"适意"。

眼看要过年了，山东阿姨有了回家过年的打算。但转念一想，老潮一家对自己不薄，"勒么桑头"一走，等于"出烂污"了，所以把想法"囥"了心里厢。老潮"拎得清"，跟太太一商量，宁可自家苦几天，也要让阿姨高高兴兴回家过个年。

山东阿姨回家过年的那天，老潮跟太太一起，年货买了"木佬佬"，开着SUV送阿姨去虹桥高铁站。车站分手时，老潮拉着阿姨的手，千叮咛万嘱咐："路上当心，过完年早点回来，阿拉全家离不开侬！"太太有点酸溜溜："好咪，好放手咪，再勿放手，高铁要开走咪！"

正因为中国传统文化孕育、孵化和生成了浓厚的家人情怀、家乡情结,因此中国人特别看重亲情。这就是为啥中国每年会出现如此声势浩大的"春运"现象的原因。

阿军是建筑工地上的包工头,名片上印着"项目经理""质量总监""安全督导""高级建筑师"等,头衔像大闸蟹一大串。但因为阿军在圈子里打拼多年,经验丰富,技术过硬,底下的工友们既是同事,又是安徽阜阳老乡,阿军跟他们称兄道弟,古道热肠,所以,阿军有很强的号召力,一呼百应。今年工地上的活不是太忙,承包商决定提前放假过年。阿军就在老乡群里提议,今年大家一道骑摩托车回阜阳老家过年,腊月二十五早上从工地门口集合出发。结果,统计下来,共有五十八辆摩托,加上十几人搭载,这支摩托大军真是浩浩荡荡。

甲方和乙方的老板都来找阿军,劝他为了安全最好还是坐高铁。阿军讲,侬以为阿拉欢喜开摩托回家过年啊,没得办法呀!都是农民工,网上购票大部分人不会操作,"脱头落襻"就麻烦了;回家带的年货大包小包的,现在火车车厢整洁得很,行李都没地方塞了;火车到阜阳,还要转汽车到镇上或乡里,然后再搭乘拖拉机回到村里,七转八转,转得"浑淘淘",还不如干脆摩托直接开回去方便呢!

老板听说后,告诫阿军:"回家道路千万条,行车安全第一条。"随后又买来羊皮护膝,每人发一副,用于路上保暖。农民工拿到护膝,发自肺腑地嚷嚷,今年回家过年好暖和哎!

原载 2020 年 1 月 6 日《劳动报·文华副刊》

孵了屋里厢

上海人讲话是很形象的。比如,长时间待在家里,北方流行一个"宅"字,宅家,宅男宅女。而上海人则会说"孵",孵了屋里厢。孵的原意指,鸟类或禽类孵在蛋上,用体温使蛋内胚胎发育成雏鸟或者雏鸡、雏鸭等,老上海人就巧妙地借用"孵"这个动作来形容类似的情形,把晒太阳、日光浴说成"孵太阳",把泡澡说成"孵浑堂",一个"孵"字真是既形象又生动,画面感十足。

两个老上海在小区门口碰到了,"啊呀,王家伯伯,长远呒没看到侬哉,'近腔波'来勒作啥?""李家姆妈,因为外头病毒结棍,所以天天孵了屋里厢吃吃睏睏。""啊哟喂,再下去变成孵绿豆芽了!""所以呀,今朝出来,去超市买点菜,顺大便透透气。""喏,我是带狗狗放放风,阿拉嘛孵了屋里厢还可以摒一摒,狗狗是宗生呀,伊又勿懂事体呃啰,摒勿牢呀!""哈哈,快了快了,天气暖热了,疫情要结束了,差勿多可以出来孵太阳了。"这段小区门口的对话有点像电影里的场景,在眼面前晃来晃去。

就这样,一场突如其来的疫情,家家户户大门不出二门不迈,男男女女老老小小统统"孵了屋里厢"。辰光一长,就想着翻翻花头,解解"恹气"。同事小熊与洋洋是新婚一年多的小夫妻,从来勿开伙仓,煤气灶清爽得一尘不染。这次"孵了屋里厢"实在无聊,两个人竟琢磨着烧起了宫保鸡丁、鱼香肉丝,还像模像样自家动手烘焙葱香面包、布丁蛋糕,而且把每只菜、每道点心都晒到微信群里、朋友圈里,亲朋好友纷纷点赞点评,小夫妻俩开心得好比中了五百万彩票。更开心的是两亲家,做梦也吭没想到,一场疫情让小夫妻找到了生活的乐趣,今后再也不用为他们每天吃啥而发愁了,再也勿用盯在他们屁股后面,"五斤吼六斤"地"横关照竖关照":"少吃外卖,尤其是黑暗料理,来路勿明,说勿定用的是地沟油,龌龊吧啦,当心吃出毛病来噢!"

大学毕业好几年的小白领安娜,重又拾起了英文课本,每天"孵了屋里厢"咿咿呀呀朗读十几遍"英格里西"。老妈劝她:"侬又勿打算出国留学,学啥英文,小姑娘勿要'吭轻头',有这点工夫还勿如多轧轧朋友,嫁个好老公,生个胖儿子,让我跟侬老爸早点当上外公外婆。"安娜说:"老妈,侬开啥玩笑,现在出门必须戴口罩,面孔被口罩捂得'潽潽满',好看难看像猜谜谜子,要是寻个丑八怪回来侬嚇哦?"

隔壁吴阿姨退休好几年了,是小区里文艺活动积极分子,从广场舞到合唱队,从书画班到摄影组,总是忙忙碌碌的样子,自从来了疫情,这些活动都"歇搁"了,但她还是闲不住,又报名参加了志愿者,天天到小区门口执勤,那些吭没戴口罩的、不肯测体温的、吭没通行证的,都被吴阿姨盯得牢牢的,插翅难飞。吴阿姨还每天举着电喇叭，一边在小区里巡查，一边哇啦哇啦喊话："居民同志们，虽然'近腔波'确诊病例为零，但大家骨头千万勿要轻，继续搭我捱捱牢，情愿孵了屋里厢捱伤脱，勿要到外头鲜格格！晓得了哦？"熟悉的邻居心疼吴阿姨："侬叫大家孵了屋里厢，却天天为大家在外面操劳，自家也要保重啊！"吴阿姨哈哈一笑："只要大家统一行动听指挥，老老实实孵了屋里厢，我比吃红烧肉还'焐心'。"

楼下204的张师傅是物流公司工会干部，这段辰光每天"孵了屋里厢"，志愿者隔三差五帮他送菜送饭送水果，不明真相的邻居还以为张师傅"疑似"了，唯恐避之不及。后来居委干部出面作了解释，大家感动不已。原来，上海有一批捐赠物资要驰援武汉，物流公司的一些外地驾驶员一时进不了上海，人手不够。张师傅主动请缨，跑了一趟武汉，回到上海居家隔离十四天。了解实情后，邻居们感动之余也自觉行动起来，时不时地帮张师傅送去莫斯利安、星巴克、珍珠奶茶、必胜客，吃的喝的应有尽有。张师傅讲，每天被邻居们的友情包围着，感觉特别温暖。

小区里的段子手写下顺口溜——经历过疫情才体会到：世间最关心的是体温，最抢手的是口罩，最舒服的是睡衣，最好玩的是手机，最好看的是电视，最有用的是厨艺，最无用的是车子，最难见的是堵车，最可靠的是亲情，最珍贵的是友情。

原载2020年5月14日《虹口报》

简单的幸福

网上流行一句话,叫小时候,幸福是件很简单的事情;长大后,简单是件很幸福的事情。这句话,出自哪里,不清楚;是哪个名人说的,也不知晓。我只知道,这句话有道理。

小辰光,没啥吃的,要是能吃上一粒大白兔奶糖,就会幸福好多天;到老了,变得孤独,要是每天能有人"嘎嘎讪胡",就会感到很幸福。老弄堂里的大林讲,小辰光收集糖纸头"白相",把自家或者别人吃糖时剥下的糖纸头,用清水汰一汰,贴在玻璃窗上晾干,然后夹在书本里,没事拿出来欣赏。还常常把自家多余的糖纸头与小朋友交换缺门的,各得其所。大林讲,勿要讲吃糖,哪怕有一张糖纸头,只要好看、冷门,那就幸福得"一塌糊涂"了。大林的糖纸头到现在还好好地收藏着,冠生园、天明、伟多利、义利、三喜的应有尽有,五颜六色。

小区里有个退休老教授,姓陆,尽管白发苍苍,但"头势"始终"锃亮""滴光",用上海话讲"苍蝇飞上去也要滑下来呃"。陆教授进进出出总归撑根"司的克","腔调"勿要太浓噢!他的幸福观也很简单,每天一早去小区附近饮食店吃碗小馄饨,多放点"碧绿生青"的葱花,就幸福了。陆教授讲,最主要是太太"走得早",一双儿女都去了美国,平常连个说话的人影都呒没。每天吃碗小馄饨,跑堂的阿姨会跟他说说话,阿姨晓得他是教授,有了啥问题就会找他"嘎讪胡",这就少了孤独感。而那阿姨呢,每天接待那么多食客,没有人跟她说声谢谢,只有陆教授,每一次馄饨端上桌时,他总是微笑着说声谢谢,这让阿姨感觉好温暖。

生活就是平平淡淡,幸福就是简简单单。姜育恒曾经唱过"曾经在幽幽暗暗反反复复中追问,才知道平平淡淡从从容容才是真"。可是,又有多少人在KTV里唱着"再回首"时,能真正体会到这句歌词所要表达的意境?我的朋友阿文与众不同,他从遥远的四川来上海发展差不多也有十年了,其间找过五六个女朋友,但都是因为没房没车,最终没有"敲定"。几年前,阿文新租了房子,搬到虹口的凉城新村。房东是很活泼又很细心的女生,独住三室两厅,感觉太浪费,便租出去一间卧室。

虽然租给一个陌生的男生有些怪怪的,但女房东珊珊看在阿文帅气而老实的面上,又考虑到家里有个男人换个灯泡、修个水龙头会方便很多,于是毅然作出了这个决定。女房东、男租客低头不见抬头见,双方优缺点看得"煞勒似清",从最初的"相敬如宾"到后来的"卿卿我我",及至前年去民政局领了"派司"。结婚两年来恩爱如初,小日子过得和和美美。阿文说:"珊珊人好、性格好,和她在一起也省得我搬家了。"你看,想法一简单,幸福从天降。房客阿文直接变房东,房东珊珊则成了房东太太。

最有意思的是，同事大西当初买房，太太想买高层的，落地窗，光照充分。太太讲："冬天阳台上放一把躺椅，孵孵太阳，喝喝咖啡，看看小说，人生享受啊！"大西的打算是，买底层的，省下二十万，正好添辆车。大西讲："轮子上的生活才是自由的，完美的。"果然，到了冬天，只要有太阳，大西就开车载着太太，直往郊区跑。然后找一个安静的地方停车。阳光透过挡风玻璃泻进车内，暖暖的，好比多出来一间阳光房。大西摇下座椅，和太太斜躺着，一个读小说，一个戴上耳机听音乐。几年来，大西和太太跑遍了上海的郊区，最远的开车到过金山的海边孵太阳。大西常常得意洋洋地跟太太说，车子等于是买房白送呃。太太哈哈一笑："还是阿拉老公'花露水'浓，同样的钞票办了两桩事体，有房又有车。迭叫'戆有戆福'！"

有些人生活、工作中整天闷闷不乐，这个很"触气"，那个很"挖塞"，感觉不幸福。原因就在于他们凡事想得太复杂，永远不知足。老同学臻臻住在中环那边，一百四十平方，院子里种了很多花花草草，看上去特别温馨。但她老是跟丈夫抱怨："侬看表姐，市中心复式房，走两步就是淮海路；再看堂阿哥，青浦花园别墅，光地下室就有一百平方，影视厅视觉和音响效果勿比大光明'推板'，'噱头'勿是'一眼眼'！"像臻臻那样，老是吃着碗里看着锅里，想得太多，怎么会幸福？

原载 2020 年 11 月 30 日《新民晚报·夜光杯副刊》

职场习惯

在职场的辰光长了,就会养成一种习惯。习惯有好有坏。有的人因为在职场养成了好习惯而如鱼得水、风生水起;有的人因为在职场养成了坏习惯而口碑欠佳,甚至声名狼藉。

我有个朋友,公子鹏鹏在一家电信营业厅里工作,"搭头搭尾"做了五年多,早已升职当上了值班长。营业厅尽管地处"幺尼角落",但客流"木佬佬"。每天从开门迎客到关门打烊,总有附近小区居民前来咨询或办理业务,甚至有些老居民搬迁到莘庄、松江了,还是"特特为为"乘地铁、换公交,千苦万苦赶来办办业务、嘎嘎讪胡。只要有客户上门,鹏鹏都会叫一声阿姨爷叔、阿公阿婆,嘴巴甜得来像含了冰糖。碰到腿脚勿灵光的阿公阿婆,鹏鹏会迎上去,搀扶他们进门。客户也把鹏鹏当作自家屋里厢小囡,信任他。同事问他为啥嘴巴嘎甜,鹏鹏讲,阿拉师傅带出来呃,习惯成自然了。

还有个朋友,千金芳芳在高速公路收费站工作。领导千关照万关照,司机摇下车窗的瞬间,我们就要眉开眼笑,嘴角微翘,红唇微启,露六到八颗牙齿。要求是蛮"辣手"的,但芳芳刻苦训练,很快掌握了微笑的要领,笑起来真是好看。可是收费口是个小社会，司机素质"五花八门"，开宝马奔驰的不一定有"腔调"，开五菱宏光的也不见得呒没"腔调"。大多数司机很礼貌，驶离前会说声谢谢。有的司机碰到勿"焐心"事体，开口就"骂山门"，芳芳会轻轻提醒一句"请注意自己的形象"，微笑的力量化解了矛盾的激化。有一次，一个集卡司机看到漂亮的芳芳，递钞票呃辰光"吃豆腐"，故意摸了一下芳芳的手心，嘴巴里"勿尼勿三"。芳芳警告说："再有下一次我就打110了！"集卡司机这才"抖豁"地驶离，芳芳背过身大哭一场。但当下一辆车子开到窗口，挂着泪花的芳芳又露出了灿烂的笑容。事后，芳芳说得好：人在职场就要养成好习惯，多一个微笑，客户感到温馨，企业感到放心，我们自己增强了信心。

有些职业习惯，好心不一定"吃香"。比如我的朋友阿哲，是驾校资深教练，他的诲人不倦精神，带出了一批批驾车好手。再"笨"的新手，经过阿哲调教，考试时，一个个都是"一枪头"通过。可阿哲喜欢喝酒热闹，每次在外应酬，喝了酒，总是一个电话叫来太太代驾。太太一上车，阿哲坐到副驾座，就开始拿出驾校教练的"腔势"指挥了：起步踏油门轻一点，侬当乘客"不倒翁"啊！换排挡嘎用力作啥？侬当开差头啊！注意前面要跳红灯了，慢一点，充军去啊？啊哟喂，变道勿打方向灯，后车追尾侬全责哦！太太讲，哪能嘎啰嗦，碰到赤佬了！夫妻俩"鸡鸡狗狗"，差点闹到离婚。其实阿哲没坏心，主要是养成了职业习惯。

老邻居老江，去年到点退休，勿用上班了，可开始几天老是记勿牢，一到七点半，老江吃了早饭，拎了公文包就出门轧地铁去了。到了厂门口这才恍然大悟，保安看到哈哈大笑，老江自嘲道："习惯了习惯了！"养成了习惯，有时就刹勿牢车了。

原载2020年第11期《上海工运》杂志

职场心态

职场是很考验人心态的。当蓝领的，每天面对流水线周而复始的装配；坐 Office 的，每天写不完的文案开不完的会……心态好的，不计较，不抱怨，心甘情愿在基层一线磨砺自己，争取厚积薄发；心态不好的，早就崩溃了，要么"差路"了，要么跟领导"翻毛腔"了。

记得三十多年前，电信基础设施落后，没有手机，没有 QQ，没有微信，没有 WiFi，碰到要紧事体的联系全靠一部拨盘式老电话机。但电话线路少得可怜，用的人却多得"嚇瓦宁"，每天早高峰时，拎起电话听筒，老是传来"嘟嘟嘟"忙音，"难板"传来一次拨号音，比"轧"上公交车抢到一只座位还开心，"额角头碰到天花板了"。

1988 年，彩虹化工厂新分配来两个大学生，一个叫阿辉，一个叫阿领，厂长跟供销科黄科长讲，先放在供销科实习半年，每天上班就是拨打电话，联系客户。看看他俩谁的耐心好、心态好，然后决定他们的职业发展。

结果，那个叫阿领的反而"拎勿清"，没拨几天电话就失去了耐心，要么嘴巴里"嚷里嚷三"，要么拿电话机当出气筒，拍得"乓铃乓啷",响彻整条走廊。而阿辉心态就很稳,电话拨勿通,照样有耐心。实在事体急,阿辉就骑上脚踏车,跑到客户单位上门沟通。有一次,"吭哧吭哧"脚踏车从宝山的厂里踏到漕河泾,客户感动得"一塌糊涂",所有业务单子全部交给了阿辉。

老厂长看在眼里,记在心里。实习结束,阿领被分到车间锻炼,当一名配料工,三班倒;阿辉则留在供销科,做技术助理。几年之后,化工企业重组,阿领成了下岗工人,心态差到天天借酒消愁,酩酊大醉。好在阿领太太明事理,也不"厌鄙"阿领,而是带着阿领自己创业,两夫妻在七浦路租了柜台,专营休闲服饰,生意红红火火。从此阿领逢人就讲:"跟着太太,心态好了,啥都好了,连烟酒也戒了。"

阿辉后来成了合资企业的中方总裁,职场上,虽然竞争"辣豁豁",但阿辉"兵来将挡水来土掩",总是游刃有余,在化工行业做得风生水起。

如今,信息通信业的变化有目共睹,再也不用靠等待拨号音磨砺心态了。但很多人却成了新媒体的"俘虏",老清早从"睏梦头"里醒来,第一桩事体就是拿起手机刷屏。上班路上,也不忘看看朋友圈。挤进地铁,戴上耳机,好像进入影剧院,手机里的连续剧从不"脱班",有时候跟着靳东一起笑,有时候跟着马伊琍一起悲伤;有时候跟着阎妮一起疯,有时候跟着嘉译哥一起幽默。到了办公室,仍旧沉浸在跌宕起伏的剧情里而不能自拔,老板布置任务听得"稀里糊涂",月底扣了奖金,这样的心态可想而知。

职场的心态"推板"了,回到屋里厢,心态也勿会好到啥地方去。于是,上班就会跟同事、领导弄僵关系,在屋里厢又跟太太争来争去,都是一些鸡毛蒜皮的小事,结果形成恶性循环。长此以往,总有一天心态像爆发的雪崩,猝不及防,不可收拾。

原载 2021 年第 1 期《上海工运》杂志

闺　蜜

男人与男人的关系好，叫哥们。关系好上加好，叫铁哥们。我们说"巴铁"，并不是指巴基斯坦铁路，而是指中巴关系好到可以两肋插刀，如铁哥们。女人与女人关系好，好到不要不要的，好到无话不说的，内心的秘密都愿意倾吐的，那叫闺蜜。

老底子上海人是不叫闺蜜的，叫"要好小姊妹"。"要好"到啥程度？"要好"到上学放学手拉手一起走；有了零食一起吃，侬吃我一只拷扁橄榄，我吃侬一片甘草桃板；回家作业一道做，侬抄我语文，我抄侬算术；借口作业做得太晚了，留宿在小姊妹家里，钻进一个"被头窠"里，悄悄地透露小秘密，侬欢喜班长的帅气，我欢喜课代表"肚皮里侪是墨水"；转眼到了谈婚论嫁的年龄，嫁妆一起备，这个礼拜兜兜南京路，下个礼拜逛逛淮海路，买卖就到四川路；老房动迁，搬到了同一个小区同一个楼层"贴隔壁"，侬501，我502，烧了好吃的小菜送来送去，侬端来一碗水笋烧肉，我捧去一盘响油鳝丝；退休后更是同进同出，跳跳广场舞，尝尝农家菜，今年"白相"欧罗巴，明年走遍亚非拉；现在老了，照顾不动自己了，开开心心住进养老院，两姊妹包一间房，关了灯还是"笃笃笃"地讲勿光知心话。

真正的闺蜜总是同甘共苦，甚至有着"宁可自己蒙难也不愿闺蜜吃亏"的牺牲精神。听说过一个特别传奇的故事：有一对闺蜜，在同一所中学教书，一个教音乐，一个教美术。音乐老师姓倪，美术老师姓李，由于音乐与美术的艺术基因相互融通，因而两人很投缘。有一年，倪老师家里要接待一位来自法兰西的钢琴家，看到客厅的墙上光溜溜的，似乎缺了点艺术氛围，便从李老师那里借来一幅山水立轴，挂在屋里"弹眼落睛"。谁知道，国际友人拜访后第二天，倪家遭窃，山水画不翼而飞。怕闺蜜"刮三"，倪老师跑遍上海滩的古画市场寻画。功夫不负有心人，终于觅到一幅一模一样的山水画。打听之下，这是乾隆时期的画，价值五万六。在普遍工资三四十元的年代，五万六简直"吓煞宁"啊！

但为了不负闺蜜之情，倪老师变卖了所有可以变卖的家产，还咬咬牙从阿姨娘舅那里借了不少的债，买下那幅画还给了李老师。李老师"木知木觉"，并不知晓已经"狸猫换太子"。一个礼拜后倪老师"失踪"，校长说她已经辞职了。至于跳槽到啥地方，校长也勿晓得。李老师找到倪老师屋里厢，早已人去楼空。

李老师"想勿落"，这好像不应该是闺蜜的"腔调"。这段疑虑一直埋在心底。二十多年后的一天，李老师在江南一个小镇的茶馆里，偶然看到一群老人喝着茶抽着烟，烟雾缭绕中望着台上正在演出的苏州评弹，而那个弹琵琶的女人虽然一脸沧桑，但风韵犹存，一招一式像极了那个熟悉的身影。恍惚之中，李老师想起失散多年的闺蜜。对，就是她。等到演出结束，李老师冲到台前叫了一声倪老师的大名，女人回过神来，也认出了李老师，两人紧紧地抱在一起，眼泪水"嗒嗒滴"。

原来，倪老师因为这幅画，一夜之间身无分文，丈夫拂袖而去，感觉没脸见闺蜜、见同事，于是不告而别，偷偷去了老家艰难谋生。李老师听罢，感慨万千："我那幅画是假的，是高仿的赝品，三钿勿值两钿呃！侬要是早点跟我讲，结局一定勿会嘎苦了！"

之后，李老师把闺蜜带回上海，从"角落头"翻出那幅真画，拍卖变现后，帮倪老师在自家小区里买了一套二室一厅，从前的好闺蜜又回到了身边。

当然，也有些闺蜜，好起来，不分彼此，一旦碰到利益冲突，对勿起，马上"翻毛腔"。苏珊与艾伦都是陆家嘴的小白领，两人形影不离，连叫外卖都是商量好，叫不一样的美食，然后合在一道吃。苏珊妈咪给她介绍了一个男友，是外资企业的市场总监。约了几次会，有一次，苏珊带上艾伦赴约，让闺蜜把把关，顺便在闺蜜面前"扎扎台型"。"剧情"的发展却出乎苏珊的意料，没多久，艾伦反倒和总监"敲定"了。当艾伦的绯闻传遍整幢写字楼时，只有苏珊蒙在鼓里。直到总监"摊牌"，苏珊才如梦初醒，哭得"稀里哗啦"。妈咪劝苏珊勿要伤心，艾伦与总监都勿是"么事"，还好暴露得早，要是结了婚再去外面"花嚓嚓"，侬呃苦头更加"吃煞"！

原载 2021 年 1 月 17 日《新民晚报·星期天夜光杯》

洋媳妇

一方水土养一方人，各国各民族由于文化、理念、见识、习惯不一样，男女双方即便"琴瑟和谐""鸾凤和鸣"，也难免会"摩擦"出很多"笑痛肚皮"的故事来。

传说有不少日本女人是很乐意嫁给上海男人的，因为日本女人结了婚一般就回归家庭了，吃男人用男人的，所以对男人不得不百依百顺。男人下班回家，女人在门口鞠躬致意，细声细气地说"您回来啦"！而上海男人没有这种大男子主义"腔调"。朋友阿元是一家日资企业市场部经理，找了个日本太太洋子。别看阿元谈判桌上叱咤风云，做家务照样风生水起，是买汰烧"一把手"，成了男人版"上得了厅堂下得了厨房"的典范。洋子跟阿元开玩笑："日本有官房长官，你的是'厨房长官'！"玩笑传到公司里，从此，"厨房长官"成了阿元的绰号。

与日本女人相反，俄罗斯姑娘一般是不大愿意嫁上海男人的。在她们眼里，上海男人有文化，有品位，懂礼貌，很绅士，会照顾女人，样样都好，唯一的缺点就是喝酒"推板"。"推板"也就算了，还装模作样，端起茶杯口口声声"以茶代酒"，一点诚意也没有，坍男人"招势"嘛。而东北男人，尽管"粗线条"，但喝起酒来，咋咋呼呼酒量好啊！酒桌上说起东北笑话来一套一套的。所以，东北男人反而很对俄罗斯姑娘的"胃口"。

当然，也不尽然。上海小伙阿梁去海参崴做生意，就交了俄罗斯女友叶列娜。过新年时，叶列娜要带阿梁上门看望父母，阿梁有点"抖豁"。为啥？阿梁晓得自己不胜酒力，怕过不了老丈人这一关。叶列娜面授机宜，告诉阿梁，酒量"推板"吥没关系，恨就恨，借各种理由推三阻四，甚至"出花头""摆噱头""搞虚头"，一点面子也不给。这种男人，"吥搭头"。只要侬真心诚意喝一口，哪怕喝趴下，也是一条好汉。叶列娜强调，俄罗斯人就佩服这样的好汉！

鼓励之下，阿梁雄赳赳气昂昂地去了叶列娜的家。晚餐时，叶家老父亲果然拿出伏特加，一人斟上一大杯，包括叶列娜。阿梁心里想，这么"凶"的酒，居然用啤酒杯大口大口喝，"战斗民族"真不是随便叫叫的。人说喝酒要经历五个阶段，从豪言壮语到花言巧语，再到胡言乱语、不言不语，直到自言自语。可阿梁，没喝几口，就像东风导弹的马赫速度，"一记头"到达胡言乱语阶段，搂着老丈人的肩，称兄道弟起来，随后又用"蹩脚"的俄语唱起《莫斯科郊外的晚上》。一曲唱罢，叶列娜老父亲唱了一首带着浓浓酒味的《三套车》。最后，全家合唱了《喀秋莎》。

就因为阿梁大胆地喝了几口伏特加，并且唱了几首俄罗斯民歌，叶列娜更加喜欢阿梁了，她问老父亲："你本来看不起这个白白净净、瘦瘦弱弱的中国小伙，现在呢？"老父亲对阿梁说："没想到，酒桌上的你那么真诚，希望对叶列娜也要一辈子真诚。"

老外就是这样，有时候想问题特单纯，却又特顶真。去过美利坚的人都知道，在那边商场买东西，老美的心算能力是差到"一塌糊涂"的，稍微复杂一点的找零，往往都是仰望天空"翻白眼"，算个老半天。中国游客笑话老美，原来这就是美国式"云计算"啊！

朋友阿蓝的美国媳妇凯瑟琳，初到上海的时候，去超市采购也总是算个老半天。阿蓝说，上海超市收银都是扫描条形码直接算账，不可能错的。凯瑟琳却说，不能迷信条形码，再说我重复算一遍也是锻炼心算能力。有一次，真的被凯瑟琳发现了问题，她买的两瓶沐浴露标明打八折，但收银台仍按原价收的 money。凯瑟琳找到收银小姐，要回了多收的钱。一般人的心态，既然退回了多收的钞票，也就息事宁人了。可凯瑟琳说，这样不行，在我之前一定还有很多顾客"木知木觉"当了"冤大头"。于是她找到超市经理，逼得对方答应解决。凯瑟琳说，答应也不行，非得亲眼看到超市贴出退款告示，才放心离开。

那天朋友们聚会，阿蓝带着凯瑟琳一起来的。酒桌上，凯瑟琳说，我真搞勿懂你们中国人，一杯白开水可以解决所有问题。我感冒了，中国同事叫我多喝开水；我咳嗽，中国邻居叫我多喝开水；我胃疼，中国妈咪叫我多喝开水……白开水好像是灵丹妙药，包治百病啊！一桌人笑得前仰后合，你别说，真是"像煞有嘎事"。这个顶真的洋媳妇好可爱哦。

原载 2021 年 1 月 17 日《劳动报·文华副刊》

兄　弟

哥们，铁哥们，那是北方人的说法，上海人直截了当，叫兄弟，或者叫"赤膊兄弟"。只要身边有一帮兄弟，算侬"路道粗"，有啥问题都勿算啥问题。要是有几个"赤膊兄弟"，关系好到"穿一条开裆裤"，再难的事也笃笃定定"搞定当"。

假如请人吃饭，横考虑竖考虑，饭店定在啥地方，价位多少最合适，江浙菜还是广东菜，四川火锅还是日韩料理；喝啥酒，红的还是白的……很明显，侬请的肯定不是兄弟。请兄弟根本不用精心挑选，不用提前通知。兄弟是可以一只电话随叫随到的，而"赤膊兄弟"更是可以在"苍蝇馆"或者路边大排档从从容容对酌的，一碟猪头肉、两只鸡脚爪、三斤小龙虾，四瓶嘉士伯，喝得昏天黑地，一醉方休。借用北方顺口溜，叫作："白酒一瓶半，啤酒随便灌；青岛不倒我不倒，雪花不飘我不飘。"

当然，这只是举个例子。兄弟不都是整天吃吃喝喝的，否则，就成了"酒肉朋友"了，不在一个频道上了。其实，要分清"酒肉朋友"与兄弟很简单，看酒后买单的细节就"煞勒似清"。酒足饭饱，到了买单辰光，哇啦哇啦高声叫着"我来，我来"，却慢吞吞不摸手机或者皮夹子的,肯定是"酒肉朋友";而闷声勿响,借口去趟"汏手间",却悄悄买了单的,一定是兄弟。还有的,咋咋呼呼,有事没事欢喜呼朋唤友,抿抿小老酒,攒攒大浪头,自以为是,蛮"老魁"呃。这不叫兄弟,属于逢场作戏。

所以讲,一个细节就可以看出是不是兄弟,看出兄弟情义的深浅。君子之交淡如水,兄弟情深浓如酒。很多兄弟平时吃啥"花露水",也不过从甚密,更不靠"酒精"考验,但一旦需要帮忙,一定急公好义、古道热肠;一定掏心掏肺、肝胆相照。难怪住在过街楼呃"弄堂老娘舅"姗姗呃老爸讲,是勿是兄弟,平常辰光讲了不算数,只有到了非常辰光,经历磨难和生死考验,才能看出是勿是值得跷大拇指的真正兄弟。

老弄堂里亭子间的阿济与三层阁的阿四,从小一道白相,养鸽子,打弹子,斗赚积,刮刮片,上学放学同进同出。后来毕业分配,分到同一家工厂。再后来,阿济越来越"出挑",从班组长到车间主任,再从供销科长到厂长,"额角头碰到天花板"。阿四"三拳头打不出一只闷屁",做了一辈子工人。两个人地位相差"十几条横马路",但兄弟情义倒是一眼眼也呒没变。即使后来老弄堂拆迁,阿济去了闵行,阿四分到宝山,两家人家"远开八只脚",但逢年过节还是会走动走动。中学同学聚会时,讲起阿济跟阿四的兄弟情义,编了一段顺口溜:"生命在运动,办事靠行动;同学多活动,朋友靠走动;酒杯要晃动,资金靠流动。"

有段辰光,阿四老婆经常吹吹"枕头风",说哪天跟阿济喝酒时"豁豁彩色翎子",叫伊提拔提拔。阿四马上"板面孔",说我阿四几斤几两心里有数,根本勿是当干部的料,要是提这种"野胡弹"要求,兄弟就"没得做"了。其实,阿济对阿四的情况"煞煞清",虽然阿四一直在车间"闷声勿响"当工人,但他技术好,做出来的产品"挺刮",所以阿济会在技术专长方面关心阿四的职业生涯。

阿济五十岁那年,得了尿毒症,医生讲,只有换肾才能救命。可是,肾源紧缺。阿济太太愿意为爱情"牺牲"一个肾,但是两人的血型勿一样,更不要说 HLA 配型了。阿济有个同胞兄弟,血型相同,但他打死也不愿意捐肾。关键时刻,阿四冲了出来,去医院一检查,各项指标都符合要求,于是阿济获得了重生。阿济太太感动得梨花带雨,拉着阿四的手久久不放,阿济拥抱着阿四哽咽着只说了一句:"不是亲兄弟胜似亲兄弟!"

患难见真情。真正的兄弟就是这样,平常吧,并不显山露水,甚至平淡无奇,但在危难时刻,站在你身边的一定是你的兄弟。七年前的一天,上海龙吴路一居民楼失火,两名九零后消防员在扑救过程中,轰的一声,被热气浪的巨大推力无情地推出十三楼窗口,坠落中,只见两人手拉手彼此送上最深情的告别,也因此留下一幅震撼人心的表达兄弟情义的悲壮画面。

我们无法知晓,也没有必要知晓这两个九零后消防员在手拉手急坠的刹那间都说了些什么,但这壮烈的一幕却深深镌刻在人们的脑海中,久久挥之不去。啥叫兄弟,这就是!

原载 2021 年 1 月 27 日《新民晚报·夜光杯副刊》

热热闹闹来拜年

辛丑年的春节即将来临,怎么拜年,如何送礼,很多家庭都早早作好了准备。从初一到初五,拜年就像电影院里的排片表,排得要"潽"出来了,老爸老妈、公公婆婆、丈人丈母、阿姨爷叔、娘舅婶婶,一个也不能少。同事朋友,交往深的,该表示的也要表示,"浆糊"勿好随便"掏"的。辰光排勿过来,拜个晚年也是可以的,但千万勿好超过元宵节。

还有,拜年是绝对勿可以两手空空的。老底子,计划经济时代,尽管物资紧缺,但礼物多多少少总归要准备一点的,更勿要讲现在,条件好了,礼尚往来"毛毛雨"咪。七八十年代,拜年送礼比较"大路货"的是香烟老酒,也勿是啥名牌,有一条大前门两瓶洋河大曲已经老上档次了;要是再送上一只裱花奶油蛋糕、一只金华火腿,这就勿是普通的拜年,是毛脚女婿第一次上门拜年了,哈哈。拜年要是送一听金鸡饼干两听麦乳精,或者乐口福,也是蛮像模像样了;要是送上一块"料作",无论是哔叽呢、华达呢,还是海军呢、麦尔登呢,侪是老有"腔调"呃。要是"乡下头"亲眷来拜年,一般会送一些农副产品,一袋花生几根年糕,或者几斤鸡蛋一只老母鸡,这些东西对城里人来讲，都是"吃香"得"一塌糊涂"了。

小辈来拜年，长辈也会回赠红包，这叫"压岁钿"。老底子，红包里塞个一角两角，已经"到位"了；塞个一块两块，属于老慷慨了；要是塞个五块十块，绝对是大户人家了，用现在的网络语言来比喻，就是屋里厢有"矿"。小朋友拿到"压岁钿"，压在枕头底下，每天临睡前拿出来点一点数一数，兴高采烈好几天。然后，小心翼翼塞进储蓄罐里，盘算着今后派"大用场"。

这些年，老百姓生活富裕了，出手也大方了，几百块"压岁钿"只是起步价，红包里塞个几千块"眼睛煞也勿煞"。过个年，小朋友一夜之间变"小开"，钞票"麦克麦克"，加起来几千，甚至几万。同事阿杜的儿子自小收到的压岁钱全都存在银行卡里，工作后，把压岁钿"夯巴郎当"统统拿出来，居然买了一辆帕萨特，"煞根"哦!

老底子，过年几天，小朋友出门看到邻居，嘴巴甜一点，叫声"阿公，恭喜发财!""阿婆，福如东海!"阿公阿婆必定会抓一把长生果，或者几颗玻璃纸水果糖，放进小朋友新衣裳的袋袋里。如果运道好，要是有几颗冠生园大白兔奶糖，更加"弹眼落睛"了。这些都是老弄堂里曾经有过的场景。而现在的人，住进商品房里，房门一关，邻居之间"老死不相往来"，隔壁邻居姓啥名啥"稀里糊涂"，走廊里碰到笑眯眯点点头，属于老有礼貌了。

难怪有些老年人，老房子动迁时依依不舍，他们不是留恋老房子"螺蛳壳里做道场"；不是留恋搭阁楼睏地铺；不是留恋客堂间阿姨、亭子间阿婆、前楼老爹、三层阁爷叔"轧"在灶披间里,四五只煤球炉一道开火烧菜"战高温";不是留恋每天老清巴早倒了马桶,还要放一把蛤蜊壳哗啦哗啦"荡马桶"……留恋的是老邻居热热闹闹、互相照应的那份温馨和情义。侬包馄饨了端我一碗,我腌咸蛋了送侬几只,这才是和谐的生活。所以嘛,有些老邻居动迁了还是喜欢搬到一个小区,仍旧做邻居;有些老邻居分散到了上海的东南西北,但感情线呒没断,过年辰光一定要聚一聚,热热闹闹拜拜年,家长里短叙叙旧。

老邻居们都分散到了东南西北,有的去了浦江镇,有的去了航头镇,有的去了泗泾,有的去了杨行,再远的去了南桥,甚至去了花桥,西厢房的大块头爷叔最热心,把老邻居们动员起来,建了一个"永不消逝的邻里情"微信群,大家每天在群里发发声音,哪怕发个"早上好"表情包,也都拉近了老邻居的感情,好像还老底子一样,热热闹闹生活在老弄堂里。前几年过年,老邻居们在微信群里互相拜年,情真意切,无话不讲,后弄堂呃"麻油徼子"讲:"距离产生美,蛮好!"今年,作为群主的大块头爷叔有了新的想法,分开三四年了,这次过年"随便哪能"要请老邻居们聚一次,线下的聚会总是更加闹猛一些的——恭喜恭喜恭喜你呀,咚咚隆锵,咚咚隆锵,恭喜恭喜新年快乐、万事如意……

还呒没聚会,只是初步计划着呢,拜年的喜庆、欢快旋律就在大块头爷叔的心底涌起。

原载 2021 年 2 月 8 日《劳动报·品位周刊》

神志无智

上海话里有句顺口溜,叫"神志无智,邋遢胡子"。说的是,有些人不明事理,不讲规矩,最后必定是麻烦一大堆,坏了大事。

有些人总认为,个人事再大也是小事。这话有点绝对。恋爱是不是大事?婚姻是不是大事?好好的恋爱或婚姻,假如因为侬神志无智而"泡汤",心里"挖塞"哦?

有一对小夫妻,在亲朋好友和同事眼里,郎才女貌,佳偶天成,十分美满。但,鞋子合不合脚,只有穿过才晓得。男的是外科大夫,可能拿惯了手术刀,严谨有余,活泼不足;女的是中学英语老师,见多识广,崇尚浪漫。从恋爱到结婚,已经四五年了,虽然女的偶尔也会抱怨男的勿懂罗曼蒂克,无论是生日还是情人节,从来呒没送过一束鲜花,但两人世界始终风平浪静,平平安安过着日子。

终于有一天,女的再也"摒勿牢"了,彻底爆发,坚决要求"拗断"。原来,前几天,外科大夫下班,兴致勃勃捧回一大簇百合,虽然表达爱意应该送玫瑰,但英语老师仍然很开心。心里想,这个"木噱噱"的家伙总算开窍了,晓得浪漫了。接过百合时,她发现花丛中有一张卡片,抽出来仔细一看,只见上面写着"祝您早日康复"。

"侬啥意思?"听到英语老师发问,外科大夫如实交代,病房里有个女病人今天出院,床头柜上一大堆鲜花吭没带走,自家灵机一动,"顺大便"拿了一束捧回了家。连外科大夫的姑姑也看勿下去了,"搁头搁脑"批评他:"鲜花是有寓意的,什么花代表什么意思。侬倒好,拿人家送病人的花来冒充,这就有点勿吉利了。侬派派也是研究生毕业,哪能嘎神志无智呃啦!"后来在姑姑劝说下,两人最终没有"拗断",但彼此心里终归疙疙瘩瘩。

一些年轻人,学历不可谓不高,知识不可谓不多,讲起计算机、智能手机眉飞色舞,讲起历史、军事头头是道,但讲起基本的礼数,却是一窍不通。我朋友的女儿小承,去年谈了一个男朋友,是985院校毕业的高材生,现在金茂大厦上班。第一次上门,小承爷娘自然兴高采烈。聊了一会,小承和老妈一起去厨房准备晚餐,客厅里留下我朋友和"毛脚"。我朋友见话题不多,怕冷落"毛脚",便拿出象棋,请"毛脚"杀几盘。没想到这个"毛脚"小辰光在兴趣班学过几年,有点功夫,一上来就"勿管三七念一",把未来老丈人杀得片甲不留,连斩五盘。第一次上门就弄得我朋友吭没一点"落场势",晚餐时气氛尴尬。据说,"毛脚"回家后还津津乐道,被他老妈一顿臭骂:侬个"戆棺材",真是神志无智!

生活中,因为神志无智致使恋爱"泡汤"的故事,可谓千奇百怪。有个女的叫小翠,东北人,也是第一次恋爱,第一次上门。未来公婆满心欢喜,倾情招待,杀猪菜端上了,老白干斟上了,"小翠啊,能喝不?""能!"小翠东北人脾气,那酒喝得真叫一个昏天黑地,直接把未来公公喝趴下了。完了,小翠抹抹嘴,一声拜拜消失在夜幕中。结局可想而知,当然也是拜拜喽!

还有一种神志无智,更加莫名其妙,匪夷所思。一天,城乡接合部的一家小饭馆里,来了两帮客人,都是血气方刚的年轻人。两帮人虽然互不相识,但从沾满尘土的衣衫看,就知道都是附近工地上下了班的农民工。两桌客人一边喝酒一边"嘎讪胡",从夕阳西下喝到月亮高挂,直到饭馆即将打烊,才心有不甘地准备散了。当靠门的那桌客人大呼小叫着要买单时,老板说,靠窗那桌的兄弟已经帮你们买单了。靠门那桌顿时火冒三丈:"啥意思?以为俺穷,喝不起酒,还是怕俺赖账?"靠窗的那桌也不买账:"好心当成驴肝肺啊!"两帮人马一言不合便掀了桌椅,大打出手。吓得饭馆老板赶紧拨打110报警。

进了派出所,一问"打相打"原因,警察叔叔又好气又好笑:"既然两桌人互不相识,为啥要帮伊拉付钞票?侬以为侬是雷锋啊!有钞票下趟请养老院老人吃一顿年夜饭,这才叫做好人好事呢!"警察又指着另外一帮人:"伊拉帮倷买单,也呒没坏心,有啥好'翻毛腔'呃啦!要是心里厢'嗒嗒动',下趟碰到就主动买单好了,多一帮朋友多一条路哎!"警察又说:"碰到你们这种神志无智的人,真是开眼界了,以后老酒少喝点!"

许多神志无智,真的跟老酒有关系。

原载 2021 年 4 月 11 日《劳动报·文华副刊》

上海的早晨

一年之计在于春,一日之计在于晨。每天一早醒来,就会想想今天早饭吃点啥,衣服翻翻啥"花样"。上班族会想想一天的工作安排,上午是开会还是拜访客户;上学的会想想今天的课程,是不是还有作业吭没完成;退休老伯伯老妈妈会想想今天先去菜场还是广场。

不管是"慢吞吞"起的床,还是"急吼吼"起的床,总之,早晨的生活就此拉开了序幕。

老底子,阿拉小辰光,上海的早晨是从五花八门的声音开始的,似乎是在演奏一阕生活的交响晨曲:

四点钟,运送蔬菜的卡车到了小菜场,装卸工吆喝着放下卡车栏板和跳板,"哐啷啷",响彻菜场附近的弄堂;一筐筐蔬菜卸下车来,又是"倾铃哐啷"声;紧接着,装卸工用铁钩钩牢装蔬菜的铁筐,往菜场里拖,铁筐与水泥地摩擦发出刺耳的声音。

四点半,垃圾车开进弄堂,传来阵阵"倒车,请注意,倒车,请注意"的电喇叭声。接着,传来环卫工人用铁锹铲垃圾的声响,十几分钟后,铲完垃圾,工人们跳上车子,然后,突突突，垃圾车开走了。

五点钟，送牛奶的师傅踏着"黄鱼车"来送牛奶了。经过一段弹硌路，"吭哧吭哧"，用足吃奶力气，"五斤吼六斤"，踏起来"交关撒度"。老底子牛奶是用玻璃瓶装的，"黄鱼车"踏在弹硌路上，摇摇晃晃，瓶子互相磕磕碰碰，一路上"乓乓乓乓"。

六点钟，粪车推进弄堂，哇啦哇啦叫着："倒马桶，马桶拎出来哦！"听到叫声，阿姨妈妈们拎着马桶纷纷从屋里厢走出来。倒了马桶，又在弄堂里一字排开汰马桶。上海人叫"荡马桶"，这是因为汰马桶的工具是细竹丝扎起来的刷子，阿姨妈妈们拿着竹刷子沿着马桶的内壁不停地划圈子，这样的动作叫作"荡"。而那把竹刷子则叫作"马桶豁笙"，这是因为竹刷子"荡马桶"时会发出"哗啦啦"声音，阿姨妈妈们还会在"荡马桶"时放入一把毛蚶或者蛤蜊壳，这样，"哗啦啦"声音就更加响遏行云了。

六点半，家家户户开始点火烧煤球炉了，弄堂里白雾缭绕，烟气熏人，"睏似懵懂"的亭子间阿姐、西厢房爷叔、三层阁阿七头也被熏醒了。"急吼拉吼"穿衣起床，刷牙洗脸，端起一早烧好的泡饭，呼噜噜三下五除二，吃得"净荡光"，直吃得"一股暖流涌心头"。随后，上班的上班，上学的上学。要么踏脚踏车，要么"轧"公交车。那时候还没有地铁的。

现在的上海，早晨还是那个早晨，却是不一样的光景了。

大多数市民住进了新楼房，住房宽敞，煤卫独用，不少人家的卫生间还主客分设，甚至普及了智能马桶，跟毛蚶壳"荡马桶"一对照，简直是天壤之别。"暗黪黪"的灶披间变成了亮堂堂的厨房间，煤球炉变成了燃气灶，再也不会"日照香炉生紫烟，熏得两眼泪涟涟"了。早餐的"花头经"好像变戏法，天天不重样，牛奶面包鸡蛋糕，生煎油条豆腐花。"难板"吃碗泡饭，只是为了对过去岁月的一种美好回忆和怀念。老上海人吃泡饭，一定要有油条当小菜，而且还保持着蘸酱油吃油条的习惯，新上海人、小上海人是很难理解这种蘸酱油的浓浓情结的。

原载 2021 年 5 月 18 日《新民晚报·夜光杯副刊》

弄堂里的爱情

五六十年前,上海人把热恋的女友、未婚妻叫作"敲定"。这个词很形象,很动感,好比盖章,"啪嗒"一下图章"敲"下去,关系就"定"下来了,铁板钉钉。所以,叫"敲定"。

老底子,社交圈子小,娱乐活动少,处于青春期的少男少女,找对象是道难题。在工厂上班的,找来找去,十有八九是师兄师妹,属于日久生情型;插队落户的,不甘心找"村里的小芳",怕将来断了回上海的希望。有些"拆烂污"的"插兄",在当地结了婚生了子,而一旦可以返城,就拿"村里的小芳"一脚"蹬开",留下"孽债"的故事。

那些留在弄堂里的适龄男女,"螺蛳壳里做道场",基本属于青梅竹马型。东厢房的卫东毕业分在里弄生产组,每天在"黑铁墨脱"的车间里脚踏冲床,"咯咚咯咚",加工脚踏车配件。西厢房的红梅毕业后分到无线电二厂,生产红灯牌收音机,在窗明几净的流水线上用电烙铁焊接元器件。在邻居们眼里,两个人不在一个档次。那个年代,无线电厂,不管几厂的,只要是仪表局的就是第一金饭碗,"吃香"得"一塌糊涂"。

但全弄堂的人做梦也没有想到,这两个"浑身勿搭界"的人居然"敲定"了。最最胸闷的是亭子间阿姨,她家老大在贵州插队落户，因为表现好，作为工农兵大学生被选拔到北大读书了，阿姨满心欢喜，打算老大毕业回上海后介绍跟红梅"轧朋友"，现在却被卫东捷足先登，"出外快"了。

过了几年，恢复高考，卫东从里弄生产组直接考进复旦了。后来，卫东跟红梅搬离老弄堂，搬进了教师公寓。慢慢地，卫东成了有名的经济学家，经常在电视上出镜，分析社会经济现象。照理，这种经济题材比较深奥，收视率不高，但老弄堂里的阿姨妈妈们却看得"扎劲"。她们讲："小辰光看伊不声不响，想不到现在分析问题头头是道，很有'腔调'呃！"有辰光老邻居聚会，大家都好奇地问红梅："当初侬跟卫东'敲定'，阿拉还不敢相信，总感觉生产组配不上侬仪表局。"红梅笑笑："那辰光，每天夜里，全弄堂'墨彻里黑'，都熄灯睡眠觉了，只有东厢房窗前的台灯亮着，他在看书学习。"阿姨妈妈们感慨："还是红梅有眼光，卫东好比'绩优股'。有些人，只看眼前利益，到头来，往往'苦头吃煞'！"

弄堂里的爱情就是这样，有甜的，必然也有苦的。亭子间阿姨屋里厢的老大，毕业分配到上海一家杂志社当编辑。后来跟隔壁弄堂的阿珍"敲定"了。阿珍舅舅在洛杉矶，于是老大跟阿珍去了美国。去了以后才发现，那边也勿是啥天堂。像样的工作找不到，最后被迫跟阿珍"拜拜"了，跟上海家里也早就失去了联系。亭子间阿姨蛮"挖塞"，前两年趁着动迁搬到了遥远的奉贤，再也不想看到老弄堂里的老邻居了。

原载 2021 年 5 月 18 日《新民晚报·夜光杯副刊》

惊 喜

生活需要惊喜,但很多惊喜又是浪漫带来的。有的年轻人找对象,碰头一两趟就咔嚓"拗断"了,女方传过闲话来:"伊木噱噱呃,一点勿晓得浪漫。"男方心里"挖塞":"找对象结婚,是为了过日子的。献上九百九十九朵玫瑰,我也会,但靠钞票铺路的浪漫有啥意思呢?"

其实,不是所有的浪漫都需要钞票铺路的。比方来自贵州兴义的阿黑,把女朋友小黔留在老家,自己孤身一人来上海打工。三年多了,因为工作忙,阿黑一直吰没回去,两个异地恋的年轻人靠手机视频有讲勿光的悄悄话。前两天,小黔生日,走在兴义街头的她,"勒么桑头",被一双温暖的手蒙住了眼睛。掰开蒙眼的手,回头一看,嗨,原来阿黑出现在眼前!

小黔激动地抱住阿黑,喜极而泣:"讨厌!回来也不跟我说一声,人家好去车站接你。"阿黑说:"今天是你二十岁生日,我特意赶来为你庆生,算给你一个惊喜。但我没有准备一大捧玫瑰,没有城里人浪漫,你不会怪我吧?"小黔破涕为笑:"你给我的惊喜就是最好的浪漫!"

小黔说得对。从这个意义上说,生活需要惊喜的点缀。当然，有的惊喜来自亲朋好友，有的惊喜则来自陌生人；有的惊喜锦上添花，有的惊喜则是雪中送炭。同事小苗，有一次聚会时讲了一个亲身经历的故事。有天夜里，她叫了一份外卖。叫好后，想起下班路上买过的香蕉、牛奶还在车子后备箱里，因为当时停好车，正巧接了一个电话，"急促乌拉"把香蕉牛奶忘得"净荡光"。于是，小苗拿了车钥匙又往小区车库跑，临走关照正在读小学三年级的宝贝女儿妮妮快点做作业，如果外卖来了收一收。

果然，一歇歇工夫，外卖送到。妮妮开门收下外卖，想到正在做的作业里有一道数学题伤透了脑筋，顺便就小心翼翼地问了外卖小哥："哥哥，侬会数学题吗？"外卖小哥笑道："我在县城读书时是数学课代表，做数学题，三只手指捏田螺，轻轻松松！"妮妮开心地拿来练习册，小哥蹲下身来，耐耐心心边讲解边演算，讲了一题又一题，讲到后来，小哥索性与妮妮一起趴在地板上做起了作业。

当小苗推开房门看到如此温暖的画面时，"焐心"得"一塌糊涂"，她说："我叫一份外卖，却叫来了这份惊喜，实在让我意外，网上一直传说外卖小哥、快递小哥无所不能，今天总算开了眼界。"那位外卖小哥嘿嘿一笑："我来自小山村，以前没见过多少世面，到了上海才真正拓宽了我的视野，上海每天带给我们惊喜，有惊喜就会有浪漫，上海真是一座充满浪漫的城市！"小苗与外卖小哥互加了微信，从此妮妮碰到特别难的数学题都可以通过微信直接请教外卖哥哥了。

所以，城市也好，生活也好，缺的不是惊喜，缺的只是我们有没有创造惊喜的心思，或者有没有享受惊喜的心情。做个生活有心人，惊喜就会"木佬佬"啊！

原载 2021 年 6 月 20 日《劳动报·文华副刊》

温暖的瞬间

人的一生总会经历温暖的瞬间，或享受这样的瞬间，或给予别人这样的瞬间。

那晚，在静安寺附近的一家餐厅，一对父女坐在靠窗的椅子上轻声细语地说着话，餐桌上有一只"弹眼落睛"的蛋糕。父亲"头势清爽"，戴一副黑框眼镜，斯斯文文的腔调；女孩天生丽质，扎着小辫，戴着红领巾，好懂事的样子。不一会，父亲打开蛋糕，插上蜡烛，搂过女孩，正准备点亮蜡烛时，突然手机响了起来。父亲接听完手机，严肃地对女孩说："贝贝，对不起，爸爸不能陪你过生日了，医院里来了急诊病人，爸爸必须立刻赶过去手术！"话音未落，父亲已"急吼吼"冲出餐厅，消失在茫茫夜色中，留给女孩一个狂奔的背影。

女孩委屈地开始切蛋糕，握刀的小手在微微颤抖，眼泪"吧嗒吧嗒"往下落。隔壁一桌一个穿红毛衣的陌生阿姨走过来，把女孩揽在怀里，一边轻轻抚摸着女孩瘦弱的肩膀，一边喃喃地说："爸爸去救人，是崇高而伟大的，我们要理解他。乖，阿姨和贝贝一起过生日好吗？"说完，阿姨帮贝贝点亮了蜡烛，贝贝许了愿，吹灭了蜡烛，挂着泪滴的小脸蛋绽开了浅浅的笑靥。

相信这温暖的瞬间像一幅油画定格在了女孩的心里，潜移默化地影响着她今后的人生道路。当然，这样的画面在生活中无处不在，因为很多情况下，这就是举手之劳的事情。在阿拉小区附近，有一家上海阿姨开的小面馆，隔壁是一所小学。每天下午放学的时候，总有十几个学生因为家长迟到，无聊地在学校门口嘻嘻哈哈、打打闹闹，等着家长来接。面馆老板娘看在眼里，急在心里，打来打去很容易"闯祸"的，再讲，夏天，太阳辣豁豁；冬天，冷风哗啦啦，小朋友却没有一个好好的休息场所。于是，老板娘每天在放学的时候，打开店堂里的电视机，播放各种动画片，吸引小朋友。刚开始，小朋友隔着玻璃窗"偷看"；渐渐的，跟老板娘熟悉了，大着胆子溜进店堂正儿八经看起来了；再后来，敢跟老板娘提要求点播了。老板娘打烊回家后，叫女儿帮忙，从网上下载小朋友点播的动画片。

辰光长了，小朋友们碰到不开心的事情也会叽叽喳喳向老板娘倾诉了，老板娘就跟他们讲讲做人的道理，开导一番。有辰光，小朋友碰到作业上的难题，也会请教老板娘，老板娘总是乐呵呵地释疑解惑。原来，老板娘是恢复高考后的第一批大学生，有"底子"的，她一手带大的宝贝女儿从小到大是学霸，复旦硕士毕业生。

小面馆成了孩子们课外辅导站，家长们送了一面锦旗表示感谢，上面写着："小面馆寓教于乐暖人心，老板娘辅导孩子播爱心。"经常来吃面的老爷叔讲，好像又回到了阿拉小辰光的"向阳院"，每当看到这一瞬间，心里总是暖洋洋的。

原载 2021 年 11 月 14 日《劳动报·文华副刊》

外婆红烧肉

本来,饭店酒家的菜单上,红烧肉这道菜总是直截了当地印上"红烧肉"三个字。不晓得从啥辰光开始,流行起"外婆红烧肉"了,加了两个字,亲切感油然而生。

红烧肉还是那个红烧肉,味道也还是那个味道,但是,添了"外婆",好像变得更加香喷喷了,小辰光熟悉的味道回来了。于是,越来越多的饭店酒家群起效仿,有样学样,纷纷祭出"外婆红烧肉"招牌。第一个想到为红烧肉冠名外婆的人,一定是对外婆深怀感情的人,一定是对外婆红烧肉味道刻骨铭心、打耳光也不肯放的人。

老底子弄堂里,犹如七十二家房客,住房条件差,螺蛳壳里做道场,"局促乌拉"。烧菜时,味道随风飘洒,谁家今天吃啥菜,左邻右舍清清爽爽。"啊哟喂,客堂间宁波阿娘吃臭冬瓜了,甏盖头打开来,贼贼臭!滑稽哦,麻油滴两滴,倒是蛮香呃!""乖乖,亭子间山东爷叔又炒大葱了,闻起来香到心里厢,吃起来嘴巴臭一天,哈哈!"

整条老弄堂,就属西厢房阿珍外婆厨艺最好,尤其红烧肉,真正可以烧到肥而不腻,瘦而不柴,入口即化。一盆红烧肉端上桌，上面一层的肥肉和肉皮还在有规律地轻轻抖动，被酱油浸润而染成绛红色的肉皮闪着亮光，弹眼落睛！

每当外婆烧红烧肉，阿珍幼儿园同学、贴隔壁的宝根就会顺着味道大大方方弯进西厢房，叫一声外婆，吃一块红烧肉。辰光一长，宝根成了弄堂里最出名的"小馋佬坯"。但，阿珍外婆欢喜他，小赤佬聪明，嘴巴甜。阿珍也喜欢跟宝根一道"白相"，因为宝根在幼儿园总是照顾她，保护她。

那时候，物资匮乏，买肉要凭肉票的。宝根姆妈过意不去，总是隔一段辰光，积攒了肉票，会送几张给阿珍外婆。到了中学，阿珍跟着外婆学烧红烧肉，半年下来，竟也学得像模像样了。外婆心里"煞煞清"，阿珍是在恋爱了！中学毕业，阿珍跟宝根商量好，一道去江西插队落户。

江西的生活是艰苦的，但阿珍"难板"也有机会露一手，烧一碗红烧肉，叫来宝根解解馋。后来，外婆病危的辰光，阿珍接到电报，宝根陪着她回上海。赶到病房，外婆已经神志不清，阿珍喊"外婆外婆"，呒没反应。宝根上前拉住外婆插着针头的手掌，喊着："外婆，我是宝根，我想吃侬烧呃红烧肉！"外婆居然醒了过来，然后把阿珍的手拉过来放在宝根的掌上，这样三个人的手叠在了一道。周围的人都读懂了外婆的意思，阿珍和宝根也当着外婆的面流着泪点点头，算是答应了外婆的嘱咐。就在这瞬间，外婆安详地走了。

从此，阿珍做的红烧肉，宝根也一律叫成"外婆红烧肉"。

恢复高考，宝根顺利考进上海的大学，毕业后留校当老师，后来成了教授。而阿珍则顶替姆妈进了纺织厂，成了纺织女工。很多人看不明白，教授和纺织女工在一起，能长远吗？有一次，大学里教研组的同事私下里问宝根，"侬图个啥？"宝根只讲了一句："伊拉外婆红烧肉烧得真是香！"

外婆红烧肉仿佛成了宝根心里抹不去的传说。这个传说，就像一盏明灯，把宝根教授纯真的心灵照得透亮透亮。

蓦然想起好几年之前的一件事，有一次我偶尔路过虹口区的一条小马路西江湾路，看到路边有家小饭馆，叫外婆小菜，再一抬头，看到马路斜对面也有一家小饭店，居然打的也是外婆的招牌，叫外婆人家。我就想，为啥都叫外婆？其实，奶奶烧的红烧肉也是很好吃的呀，为啥没人打奶奶红烧肉的招牌呢？脑海里不由地响起早年的流行歌曲《外婆的澎湖湾》，旋律美就不说了，歌词的诗情画意扑面而来啊！晚风、白浪、沙滩、椰林、斜阳、脚印、薄暮、余晖……是不是美不胜收？但是你试试看，把外婆换成奶奶的澎湖湾，"样勿样腔勿腔"咪！

原载 2023 年 5 月 15 日《新民晚报·夜光杯副刊》

亭子间阿姨

亭子间是上海石库门里的一种独特房型,位于灶披间之上、晒台之下,因此天热热得哇哇叫,天冷冷得刮刮抖。侬想想看,老底子灶披间三四只煤球炉,客堂间老舅妈、前楼苏北爷叔、后楼王家阿嫂一道开火烧菜,热气咕咕往上蹿,亭子间阿姨热得吃勿消。冬天,西北风呼呼劲吹,晒台结了厚厚一层冰,亭子间阿姨"睏似憕憕"中被冻醒,缩在"被头筒"里再无睡意。

老弄堂里有个亭子间阿姨名气是"乓乓响"的,以至于侬电话打到弄堂口的公用电话站:"谢谢侬帮我叫11号陈秀珍听电话!"电话站阿婆一时反应不过来。要是侬改口"麻烦叫亭子间阿姨听电话!"阿婆恍然大悟:"哎哟喂,叫伊啊,侬等歇歇,马上帮侬叫得来!"

亭子间阿姨年轻辰光在一个越剧戏班里跑跑龙套,赛过舞台上的背景板,吭没一句台词。要是"难板"能唱上两句,那绝对是整个弄堂里的"头条新闻"了,"台型扎足似赢"。亭子间阿姨的儿子扁头跟我是同学,记得有一次阿拉同学去他家"白相",看到墙壁上挂着一幅照片,是穿着戏服、跷着兰花指、眼睛水汪汪的大美女。黑皮问照片里的人是谁?扁头"神抖抖"

地回答:"阿拉娘呀!"一帮同学惊呼:"原来俫娘是大明星啊!"

后来,戏班子解散了。亭子间阿姨由居委会介绍到一家纺织厂当挡车工。再后来,纺织行业"壮士断腕",关停并转,砸了几百万纱锭。1995年春天,上航为面临下岗的纺织女工开设"空嫂"招聘专场,厂里小姐妹怂恿亭子间阿姨去应聘。但亭子间阿姨心里"煞煞清",自己年纪一大把了,跟吴尔愉这些小阿妹"别苗头",优势荡然无存。

亭子间阿姨骨子里是个要强的人,唱戏时走南闯北,经历多,阅历广,不会被生活的重压轻易击垮。下岗的第二天她便买来一大堆锅碗瓢盆,第三天推着一辆借来的黄鱼车,在弄堂口摆起了摊头,经营她拿手的咸肉菜饭,标配肉骨头黄豆汤。开张当天,菜饭香味弥漫整条弄堂,走过的路人停下匆匆脚步,买一客尝尝鲜,弄堂里的老邻居们也来捧场,一时门庭若市。

之后,弄堂口不让摆摊了。亭子间阿姨租下弄堂隔壁的门面房,还是主打咸肉菜饭,但又增加了乳腐肉、炸猪排,两道上海人爱吃的家常荤菜。乳腐肉红彤彤,炸猪排金灿灿,寓意生意红火,前程似"金"。

亭子间阿姨到了改叫阿婆的年龄了,但弄堂里老老小小还是开口闭口习惯叫亭子间阿姨。而她也还是风风火火的样子,丝毫吪没见好就收的意思。前段辰光,传来老弄堂要动拆迁的消息,邻居们都兴奋得夜不能寐,盼着早点住上煤卫独用的新房子,再也不用三四家人家"轧"在灶披间里烧菜做饭了。只有亭子间阿姨担心,一拆迁菜饭店哪能办?那些吃惯了菜饭、乳腐肉的老食客哪能办？有一帮农民工，天天成群结队来吃菜饭，后来上别的工地了，还三天两头开着工程车来吃菜饭，把菜饭店当作工地食堂了。

亭子间阿姨打算在附近再租门面房，继续做菜饭生意。她讲："自己只有七十出头，身体蛮好，可以再做十年。人家花钞票锻炼身体，阿拉是既锻炼了身体，又赚了铜钿。"

恢复高考辰光，扁头考进同济建筑设计专业，毕业后公派德国留学，直到拿到博士学位回到亭子间。恋爱结婚后，扁头在"上只角"买了三室两厅，叫老妈搬过去一道住。但亭子间阿姨"打死也勿搬"，说是亭子间住惯了。

扁头跟我讲："阿拉娘遭遇过不少'疙里疙瘩'，但她从来呒没被击垮过，她的奋斗人生就是励志故事，就是老百姓的'传奇'。每当我事业上碰到难题，只要一想到阿拉娘，也就是老邻居口中的亭子间阿姨，就好像有了精神支柱！"

原载 2023 年 11 月 1 日《新民晚报·夜光杯副刊》

搭　配

生活中有很多需要搭配的现象,搭得"灵光",搭得"推板",决定成败。记得小辰光跟着一帮中学生唱"童谣":"赤膊戴领带,赤脚穿皮鞋……"讽刺挖苦邋里邋遢、穿衣打扮不搭的人。在上海,穿着上名不名牌可以不讲究,但款式颜色的搭配上绝对不可以将就。因为,哪怕侬浑身上下都是世界名牌,但搭不起来,再名牌也是"瞎七八搭"。

老弄堂里有个单身男人,三十多岁,走路一扭一扭的,"嘎讪胡"辰光也是细声细气,时不时还要跷跷"兰花指",比林妹妹还嗲,邻居们远远地看到他都会学着徐玉兰唱腔来一句"林妹妹我来迟了……"为啥?性别跟腔调"远开八只脚"!男人嘛,宁可像范志毅在《繁花》里演的那样粗鲁,也不要"娘娘腔"。

那天在早餐店,碰到邻居王阿姨,她抱怨现在的大饼吃没小辰光味道了。我讲,吃大饼一定要搭配油条的。一根刚刚出油锅的油条,裹在大饼里,咬一口,油条里的油滋润了大饼,热乎乎的好吃到不要不要的。否则,光吃大饼,干巴巴的。大饼搭配油条,天造地设,才是绝配。

还有上海人吃炸猪排,辣酱油也是绝配。一块炸猪排,金灿灿的端上桌,浇上一调羹辣酱油,瞬间,那块猪排就有了灵魂。品尝之下,齿颊生香。记得有一次在机关食堂吃午餐,买了炸猪排的同事纷纷去小窗口排队浇辣酱油。传媒部新来的重庆妹子咬一口炸猪排,惊叫道:"天哪!你们上海人把这叫作辣酱油?一点也不辣啊!"同事们都笑起来:"上海辣酱油,重点不在辣不辣,而在于它是专门为炸猪排搭配的特别味道。"

奇怪的是,炸猪排蘸的辣酱油,上海人只认黄牌的,其他的吃起来终归"差一口气"。不要问为啥,约定俗成而已。

讲到搭配,最有意思的是人们总结出来的这样一句顺口溜,叫"男女搭配,干活不累"。虽然,还不至于放之四海而皆准,但大概率如此,毕竟从心理学上讲,这符合异性效应的规律。比如朋友阿强,最近趁房价松动为独子小强买了一套,尽管小强还没有对象,但早点准备好婚房有利于调动他找女朋友的积极性。为此,阿强还逼着小强有空就去装修新房。小强却总是"牵丝攀藤",提不起精神,宁肯孵了屋里厢打游戏,也不愿多兜兜装潢市场。即使去新房子,也是"三天打鱼两天晒网"。

但前段辰光,阿强意外发现小强好像变了一个人,有空就屁颠屁颠往新房子跑,装修进度好比"复兴号"高铁"嗖嗖嗖"地往前飞驰。原来,新房隔壁也有人进场装修了,是个女生,长得像唐嫣。小强背地里偷偷叫她小嫣。隔了几天小强"鲜格格"去搭讪,才晓得她真的叫小嫣,只是不叫唐嫣,叫李嫣。小嫣从江西考到上海财大,毕业后留在陆家嘴上班,至今单身。

从此,小强有了追求的目标,充分利用理工男动手能力强、工程技术"懂经"的优势，而小嫣则利用女生心思细腻、艺术嗅觉敏感、财大毕业算账"来赛"的特点，两人一搭一档，多快好省地完成了两套新房的装修工程。

最有意思的是，"男女搭配"不仅"干活不累"，而且在工程进展中互生情愫，有了恋爱的冲动。工程结束，竟然谈婚论嫁了。那天，小强牵手小嫣回家，"呈"老爸老妈"审阅"。阿强"嚇"一跳，一点预兆也呒没，"勒么桑头"准媳妇就上门了，屋里厢呒没啥小菜，"快快，阿拉到隔壁海鲜城'撮一顿'！"

酒桌上，阿强红光满面，趁着酒兴讲："小嫣啊，今后婚房就放在小强的那一套，侬那套留着，侬江西的爷娘、亲戚朋友来上海也有个落脚的地方。"

阿强还笑呵呵地作了总结发言："看来'男女搭配，干活不累'绝对不是'摆摆噱头'的，不少顺口溜还是蛮有哲理的！"

原载 2024 年 3 月 19 日《新民晚报·夜光杯副刊》

情 商

情商，是指一个人在情感领域的智慧与应对能力。同样面对一道"辣手"的难题，或一个突发事件，情商低的朋友处理起来像一只"无头苍蝇"，没了主张，或者草草了事，越处理越"推板"，被人骂一句"烂糊三鲜汤"，也只好"吃瘪"！而情商高的朋友胸有成竹，一出手就不凡，既摆平问题，又不留痕迹，好比"刀切豆腐两面光"。不要小看摆平，摆平就是水平啊！

比如家庭生活，情商低的，"累死三军"；情商高的，"三军过后尽开颜"。同事娟娟，天天抱怨家里的大事小事都要自己亲力亲为，每天下班再"撒度"，也要撸起袖子上灶台，四十出头就跟广场舞大妈有得一拼了。而娟娟家里的那位也在抱怨，不是阿拉不肯"买汰烧"，刚结婚辰光烧过几次菜，但呒没一次让她满意的，"鸡蛋里挑骨头"，不是太咸就是太淡，"叽里呱啦骂山门"，实在"吃勿消"，索性袖手旁观，乐得吃现成饭了。

同样是同事，青青情商不一般。结婚后，当先生第一次下厨房捧出普通到不要再普通的番茄炒蛋，青青却跷大拇指点赞："啊哟喂，想不到侬还有这一手！要是再撒点葱花，不输饭店里大师傅！"在太太激励下，先生"骨头轻"啊，从此不断钻研厨艺，再也离不开锅碗瓢盆了。

朋友阿王与阿平也是截然相反的例子。阿王每天晚餐必定要抿抿"小老酒"，为此经常跟太太吵相骂，大吵三六九，小吵天天有。而阿平，情商高得"一塌糊涂"，当着太太的面跟我讲：太太每天精心烹饪三四只菜，我要是不喝点酒，扒拉扒拉十分钟吃完饭，这是对太太辛勤劳动的不尊重；如果喝点小酒，陪着太太天南海北"嘎讪胡"，这才是一天中与太太最好的情感交流黄金时刻。

这是我听到过的关于喝酒的最"美丽"的借口。

情商高的，总是不露声色解难题，看上去很"丝滑"。记得老弄堂里，住在前楼的爷叔是一家国企的高工，每月工资八十几，加上屋里厢有点底子，小日子蛮滋润。亭子间阿莉从农村顶替老妈进了环卫所，老公尿毒症，没劳保，生活紧巴巴。

阿莉初来乍到，看到前楼爷叔一本正经腔势，有点"吓丝丝"。有一天，两人"轧"在灶披间里烧菜。爷叔先开口："阿莉，我年纪上去了，每天早上倒马桶是'真生活'，侬可不可以每天倒自家马桶辰光，顺便帮我马桶也倒一倒？我每月付侬十块好勿好？"

阿莉有点不好意思，想推托。爷叔正在煤球炉上葱烤河鲫鱼，倒了一勺老抽，砰一声盖了锅盖，板着面孔讲："勿要啰里啰嗦了，就这样定了！"阿莉嗫嚅道："外面倒马桶都是七块，侬就付七块好咪！"爷叔讲："就十块，定了！"

从此，爷叔再也呒没倒过一次马桶，付给阿莉的钞票也从十块慢慢增加到十五块、二十块。直到老弄堂动迁,都搬到了花园小区,用上了抽水马桶。爷叔501,阿莉502,两家约好再做邻居。

爷叔又出新花头了,跟阿莉讲:"我腿脚不好,侬帮个忙,每天'夜快点'帮我楼下信箱里拿'夜报'。'夜饭吃饱看夜报,勿看夜报睏勿好',阿拉老上海习惯了!"

爷叔时不时叫来阿莉,把老单位发的、领导慰问的、朋友送的、儿女孝敬的油、米、水果、干果等等硬塞给阿莉。

有一次老邻居聚会,嘻嘻哈哈中,客堂间阿姨讲爷叔:"七八十年代,阿拉工资三十六块,侬拿出十块,差不多是小青年三分之一工资,结棍哦!"爷叔淡然一笑:"我看阿莉刚到上海,人生地不熟,老公生重病,每个月入不敷出,'局促乌拉',作为邻居能帮一把是一把!要是我直接给阿莉钞票,可能伤了阿莉自尊心。倒马桶是最好的方式,按劳取酬,心安理得!"

老邻居们一听,啧啧称赞爷叔情商"乓乓响",既帮了阿莉,又不让阿莉难堪。

原载 2024 年 10 月 2 日《新民晚报·夜光杯副刊》

图书在版编目（CIP）数据

弄堂烟火 / 杨锡高著. -- 上海 ：文汇出版社，
2025.8. -- ISBN 978-7-5496-4551-0
　　Ⅰ. I267
中国国家版本馆 CIP 数据核字第 2025XQ8260 号

弄堂烟火

著　　者　杨锡高
责任编辑　徐曙蕾
装帧设计　高静芳

出版发行　文汇出版社
　　　　　上海市威海路 755 号
　　　　　（邮政编码 200041）
照　　排　南京理工出版信息技术有限公司
印刷装订　浙江天地海印刷有限公司
版　　次　2025 年 8 月第 1 版
印　　次　2025 年 8 月第 1 次印刷
开　　本　890×1240　1/32
字　　数　146 千
印　　张　7.375

ISBN 978-7-5496-4551-0
定　　价　48.00 元